# 세상과
# 아름답게
# 소통하기

**세상과 아름답게** 소통하기

지은이·이주은
꾸민이·성상건
편집디자인·자연DPS

펴낸날·2024년 7월 10일
펴낸곳·도서출판 나눔사
주소·(우) 10270 경기도 고양시 덕양구 푸른마을로 15
301동 1505호
전화·02)359-3429 팩스 02)355-3429
등록번호·2-489호(1988년 2월 16일)
이메일·nanumsa@hanmail.net



ISBN 978-89-7027-906-0 03810

값 15,000원

# 세상과
# 아름답게
# 소통하기

이주은 지음

나눔사

# | 저자의 글 |

먼저 이 책이 나오기까지 열과 성을 다하여 주신 분들께 진심으로 감사를 드립니다.

중국 국가 정부 전액 장학생으로 중국 땅을 밟으면서 경험한 삶의 작은 조각들을 놓치지 아니하고, 모자이크 퍼즐을 맞추듯이 인생의 퍼즐을 맞춰갈 수 있는 시간과 기회를 허락해 주셔서 감사를 올려드립니다.

이 책의 발간으로 중국과 중국인들을 더욱 이해하고 사랑할 수 있는 계기가 되고, 중국과의 관계 개선에도 이바지할 수 있게 되길 기도드립니다.

마지막으로 더 나은 삶이 되고, 더 기쁜 동행과 감사의 삶의 향연을 누릴 수 있도록 항상 눈동자처럼 주시하고 계시며, 한량없는 지혜와 능력을 지금도 베풀어 주고 계신 나의 참 주인되시고 아버지되시는 하나님께 모든 감사와 존귀와 영광을 올려 드립니다... ^^

하나님과 중국에게로
나의 소중한 향유옥합을 깨뜨리며...

2024년도 7월 3일
광교에서 이 주은 올림.

# 『세상과 아름답게 소통하기』의 출간을 축하하며

이 주은 교수의『세상과 아름답게 소통하기』의 출간을 축하드립니다.

이 주은 교수는 숙명여자대학교 중어중문학과를 졸업하고 연세대학교와 상해 사범대학에서 석·박사를 취득하였습니다. 그 후에도 여러 대학교에서 다양한 프로그램을 강의하며 한·중 교류에도 큰 기여를 하고 있습니다.

연구 업적도 중국어학과 갑골 문자학을 연구한 것들이 학계의 좋은 영향을 주고 있습니다. 특히 그의 저서인『재미있는 갑골문 이야기』는 한자의 기본 원리를 재미있게 서술하여 중국학계뿐만 아니라 일반인에게도 큰 도움이 되는 저서라고 생각됩니다. 학문과 학계 활동이 다양하며 미래 융합의 방향으로 나가는 준비된 인재입니다.

이번에 발간하는 『세상과 아름답게 소통하기』의 내용은 하나님의 품 안에서 '중국어로 꿈꾸고, 중국어로 꿈을 성취하는' 신앙 고백입니다. 숙명여대 기독 동문 모임인 솔트-팬에도 열심히 참여하며 국가와 민족, 그리고 한국 교회, 모교를 위하여 중보 기도하는 이 주은 교수의 모습을 오래 지켜보았습니다. 대학교 시절에는 학업에 성실했었던 기억과 붙임성 있었던 그의 관계성이 믿음과 더불어 꿈의 결실을 앞당기리라 생각합니다.

이 시대의 인재로서 믿음이 있는 학자로서 당당하게 걸어가는 이 주은 교수에게 박수를 보내며 하나님의 축복이 함께 하기를 기도합니다.

노 혜숙

(수필가, 숙명여대 명예교수)

차 례

## II. 내 마음의 보석

## Ⅲ. 아버지, 그 따스한 사랑의 품 안에서

## Ⅳ. 아버지의 사랑 노래

## V. 은혜의 보금자리

## VI. 어여쁜 자여! 나와 함께 가자...!!

## VII. 향유옥합

# 1. 세상과 아름답게 소통하기

Getty Image Bank

## 1. 첫 눈이 오는 날

첫 눈이 내리면,
님이 오시는 골목에서
님을 수줍게 기다리는 소녀처럼
그렇게 살포시 당신에게 다가가고 싶습니다.

내 인생을 논하기에 앞서
당신의 순결한 사랑을 노래하고 싶습니다.

당신의 고운 마음과 내 마음이 닿아서
아름다운 한편의 시를 이루어 내리라 믿습니다.

별을 노래하는 예쁜 마음도
당신의 날 향하신 사랑 앞에서는 아무것도 아닌 것을 느낍니다.

이 세상 그 어떤 그 무엇하고도 비교할 수 없는 순수한 순결한 완정한 사랑의 미학…
당신만이 내 마음의 모든 갈등과 모든 아픔과 모든 상처의 치유자로 자리하고 있습니다.

그 어느 누구에게도 못다한 내 마음 속 깊은 곳의 비밀을 당신에게 가장 먼저 보여 드리고 싶고,
가장 순결한 마음으로 당신의 사랑을 노래하고 싶습니다.

첫 눈이 내리면,

이 세상 그 어떤 빛깔로도 표현할 수 없는 그 순도 100% 깨끗한 사랑의 밀도로 …

당신에게 달려가고 싶고, 당신의 어깨에 기대어 고이고이 잠들고 싶습니다…

## 2. 새벽

중국에서 유학 생활을 하면서, 항상 아침 일찍 일어나 운동장을 돌면서 운동 겸 산책을 하였던 것 같다. 아침 일찍 일어나기가 힘든 상황에서는 저녁으로 시간대를 옮겨 산책 겸 운동 하기를 게을리 하지 않았다. 그리고 사실 이것이 나의 단조로운 유학생활의 유일한 낙이 되기도 하였던 것 같다. 학교 안 기숙사 생활을 했기 때문에, 당시 외주(학교 밖으로 나가 한인촌(韩人村))에 살게 되면, 내가 결심했던 3년 안에 박사학위 받는 것이 힘들어 질까봐… 나태해 지고 싶지 않았고, 외주해서 한국인 생활에 섞이고 싶지 않았고 그래도 학교 안의 모든 생활비가 저렴한 것도 있었지만, 그 무엇보다도 중국인과 함께 소통하고 싶었기에… 그래도 학교 안에 있으면 그러한 기회가 더 많을 것 같았다.

카이티 빠오까오(논문 주제발표)를 마치고 , 가능한 빨리 논문을 쓰고 졸업을 하는 것이 가장 좋다고 판단을 내리게 되어… 사실 이렇게 하기까지

그 어떤 계기도 있었지만…^^

그 이야기는 내용이 무거워 질 수도 있기에… 다음 기회에.. 하기로 하고…^^

아침마다 운동 겸 산책을 하러 학교 운동장에 나오면, 항상 많은 노인 분들이 운동을 하는 장면을 많이 볼 수가 있다. 어떤 사람은 중국 노인들이 돈이 많아서 그 모은 돈을 다 쓰고 죽으려면, 운동 열심히 해야 한다고 농담 반 진담 반 조로 말하는 사람도 있지만, 난 그러한 모습이 참 보기 좋게 느껴졌다. 또한 중국에는 공원이 많은 편인데, 공원에서 자유로이 자신의 취미생활 (얼후; 중국 전통악기 연주, 작은 소모품 처럼 생긴 운동 기구 같은 것들을 가지고 운동을 하시는 분들도 있다.)을 하시는 모습도 우리 한국의 여유 없고, 소일거리 없이 다니시는 분들에 비하면 훨씬 진보적이고 낭만적이라는 생각도 들었다.

논문 주제발표를 마치고, 방학이 되어 정신적으로 논문에 대한 스트레스와 당시 한 후배님의 태도에 대해 스트레스를 심하게 받고서, 한국으로 귀국을 하게 되었는데…

집중력이 있어서, 한번 자리에 앉으면 6-7시간씩 논문을 써내려 갔던 나 였기에 허리에 무리도 많이 왔었고 또 그로 인해 병원 비슷한 물리치료 받을 수 있는 마사지 샵 (중국은 마사지 샵이 많이 있는 편이다. )에 몇 번의 신세도 져서 한국에 와서 안 그래두 정밀검사라도 받고 싶었는데, 마침 생각지도 않게 교통 접촉 사고를 당하게 되어 병원에 입원까지 하게 되었다. 교통사고는 휴유증이 무섭다고.. 본의 아니게 병원에 입원까지 하게 되면서 내심 논문에 대한 걱정도 많이 있었지만, 그 무엇보다도 정밀검사를 받게 되어 지금 생각해 보면, 내가 믿고 있는 하나님께서 내게 안심하라고 그러한 정밀검사를 받게 하신 것 같다…

병원에 입원해 있으면서 항상 논문에 대한 걱정이 앞섰다. 이제 1년 동안 바짝 긴장해서 써야 하는데, 내게 왜 이런 일이 있는지… 속상하기도 하고 많이 답답해했다. 당시 같은 병실에는 나이가 지긋한 분들이 많이 계셨는데, 어떤 할머님은 내게 결혼도 안하고 공부를 계속하는 것이 어리석게 느껴진다는 발언을 하시기도 했는데, 나중에는 친구처럼 친해져서 같이 옆에 나란히 누워 함께 노래도 부르며 즐겁게 보냈던 기억도 있다.

지금 생각하면, 그래도 그때 내게 쉼의 기회가 주어져서 참 감사하고 덕분에 유학생이었던 내게 돈 안들이고 정밀검사까지 받게 해 주신 것 같다.

그래서 지금도 생각나는 것이, 그 당시 병원에 있으면서 개학 날이 한 달이나 지나가고 등록도 논문 지도 교수님께 양해를 구하고 행정직원에게 상황을 설명했지만서도 마음이 편치 않았기에, 어느 날 토요일 입원해 있던 병원 병실에서 먹구름이 하얀 구름으로 바뀌게 됨을 느꼈던 그 토요일 아침에 난 결단을 하고서 물리치료도 다 받지 않은 상태에서 퇴원을 결정해서 병원문을 나왔던 것 같다. 한의원에 다니면서 다시 물리치료를 더 받긴 했지만, 그래도 3년 안에 졸업을 해야 한다는 결연한 의지와 결단이 있었기에 가능했던 것 같다.

중국에 돌아와서, 운동장을 돌고 있는데 왼쪽 발바닥이 아파왔다. 아직 다 완치가 안 된 상태에서 중국에 돌아왔기에 슬픈 마음도 있었지만, 마지막 마라톤에서 장애물에 걸려 그래도 한참을 주저 앉아 있을 수 없다는 확고한 의지가 발동을 했기에 인내하며 아픈 왼쪽 발바닥을 바닥에 닿지 않게 하면서 천천히 걸어 산책 겸 운동을 했다.

지금도 그 시절 그 때를 생각하면, 눈물이 핑 돌면서, 그래도 그때 그러한 인내와 노력이 있었기에 3년 안에 박사학위를 취득할 수 있었고, 그래서 내 자신이 더욱 자랑스럽게 느껴지고 또 주위에 많은 분들에게도 감사한 마음이 많이 든다.

어려움 속에서도 끝까지 포기하지 않고 달려 갈 수 있었고, 마라톤에서 승리의 개가를 부를 수 있었던 것은 아마도 주위에 나를 사랑해 주시는 많은 분들의 격려와 지지가 있었기에 가능했던 것 같다. 참으로 감사하다…!!!

이제 또 다른 인생의 마라톤을 향하여 질주하고자 잠깐의 휴식기를 가지고 있다. 무언가 한가지 일을 시작하면, 주위를 돌아보지 않고 전력질주하고 집중하는 나의 성격이 때론 좋다고도 생각하지만, 그로 인해 잃게 되는 많은 것들도 있어서… 어찌 보면 인생은 공평하다고 그 누가 말하는 지도 모르겠다. 난 결혼은 하지 않았지만, 지금도 나의 유학생활 3년 3개월이란 시간이 나에게 결코 헛된 시간은 아니었던 것 같다. 나를 그만큼 깊고 넓게 크게 성장시킨 시기이기도 하니깐…

한국에 돌아오니, 중국에 있었던 시간 동안, 결혼한 친구들도 많고 아이 소식을 알려오는 친구들도 많다. 난 3년이란 시간 동안, 물론 잃은 것들도 많지만 앞으로 내 인생에 있어서 가장 크고 멋지게 도약할 수 있는 또 하나의 계기와 힘을 얻은 것 같다.

박사학위가 눈물겨운 내 인생의 도전이기도 했지만, 내 인생의 항로를 바꾸고 내 인생의 목표를 바꿀 수 있었던 또 하나의 인생역정 이었기에 앞으로 내 후배들이나 나의 길을 걷고자 꿈꾸고 있는 그들에게 그래도 선배로서 도움의 말 정도는 해 줄 수 있을 것 같다. 물론 학계에서의 도움은 또 다른 색깔의 것이겠지만…^^

## 3. 포도주

난 술을 그다지 좋아하지 않는 편이다.

대학교 때 편집부장을 맡게 되어, 본의 아니게 엠티에 가서 후배 동생들에게 약한 모습을 보이고 싶지 않아서 마시다가 알딸딸한 기분을 느끼기도 했지만… 왜 술을 마셔야 하는지 그 이유를 아직도 잘 모르고 있는 사람 중의 한 사람이다. 하지만 인생의 고배를 마시거나, 너무나도 괴롭고 힘겨운 처지에서 술을 마시며 한 잔씩 기울이는 술의 의미는 참으로 많이 다를 거라는 생각이 든다.

올 해도 이제 한 달 정도밖에 남지 않았다. 지금 생각해 보면, 내게 올 해 참으로 의미가 있는 한 해 인 것 같다. 내 인생의 전환점이 되어 줄 학위를 취득한 것도 있지만, 이제 내 나이도 어엿한 중년을 바라보는 나이가 되기 때문이다. 아직도 어린 구석도 많고 인생에 대해 논하기에 참으로 부족한 "나" 이지만, 한 가지 확실한 깨달음이 있다면, 인생은 내가 생각하는 것만큼 그렇게 힘들지도 그렇게 달콤하지도 않다는 것이다. 사실 인생은 각자가 바라보고 생각하는 각도에 따라서 기쁨과 슬픔의 잔이 기우는 정도가 달라지는 것 같다.  50대 50에서 내게 주어진 그 1%의 감사의 마음이 있더라도 잔은 기쁨으로 기울 수 있다고 생각하기 때문이다. 그래서 인생은 묘미가 있는 것 같다.

그 동안 내 인생 가운데 아프고 힘들었던 모든 기억들에서 오늘의 감사의 단 몇 프로만이라도 기쁨의 잔으로 옮겨 올 수 있다면, 내 마음은 행복으로 바뀔 수가 있기 때문이다.

이제 인생의 내리막길을 걸어가는 것이 아니라, 인생의 더 높은 오르막길이 내 앞에 있다고 하더라도 예전처럼 그렇게 힘들게 반응할 것 같지는 않다.

왜냐면, 인생은 그 오르막길을 오르는 사람의 태도에 따라서 힘들 수도, 즐거울 수도 있기 때문이다.

난 내 인생의 서막을 접고서 포도주 한 잔의 기쁨과 행복과 사랑을 담아서 타인과 함께 잔을 기울 일 준비가 되어 있다. 내 인생의 기쁨의 잔이 행복의 잔이, 사랑의 잔이 넘쳐 흘러서 많은 이들에게 사랑을 흘려 보내는 자가 되고 싶고, 그 사랑으로 인하여 주위 사람들도 많이 행복하고 그 행복을 함께 나눌 수 있는 자가 되고 싶다.

우리 인생의 쓴 맛을 단 맛으로 끌어 올릴 수 있는, 슬픔의 잔을 기쁨의 잔으로 옮겨 올 수 있도록 도움을 줄 수 있는 그런 사람이 되고 싶다. 그래서 난 오늘도 내 슬픔의 잔 속에 진한 농도들을 다 희석시키고 기쁨의 잔으로 바꾸는 노력을 게을리 하지 않을 것이다. 우리 모두에게는 그러한 자정의 능력이 있다고 믿는다.

믿는 자에게 인생의 문도 활짝 열리는 법이니까… 우리 모두 분발하고 내년에는 우리 안의 포도주를 가득 채우고 넘치도록 사랑도 나눌 수 있는 우리의 모습이 될 수 있기를 기대해 본다…

파이팅!!!^*^

## 4. 가장 이른 아침

가장 이른 아침…

영롱한 이슬을 머금고 새벽 안개를 헤치며,,,

그렇게 새 아침이 새롭게 밝아 오고 있다.

올해는 청마의 해! 거침없이 달리는 청마의 기운을 본받고 싶다.

주저하지 않고 망설이지 않고 거침없이 달리고 싶다.

달리다가 지쳐 쓰러지는 한이 있더라도…

목적이 있는 삶은 참으로 아름답다.

그 목적지를 향하여 나는 오늘도 힘껏 내달리기를 한다.

더 나은 나의 모습이 되기 위하여…

올 한해 정말로 크게 화이팅을 외쳐본다!!!

## 5. 낙엽이 지는 풍경을 보며

가을이 오면 옷깃을 여미며, 마음을 추스리며, 떨어져 뒹굴 거리는 낙엽을 밟으며 …

감상에 젖는다… 봄 햇살에 아름다운 싹을 틔우며, 즐거움과 기쁨을 선사했었던 꽃잎도 여름에 그 아름다운 자태를 맘껏 뽐내며,,, 가을엔 또 다른 사랑의 노래를 발산하는 것 같다.

하지만, 가을이 오면 조금은 슬픈 마음이 어쩔 때는 많이 드는 것이… 왜 일까?
곰곰히 생각해 본다.

봄과 여름에 그렇게도 노력하며 정상을 향해 치닫던 그 모든 목표들이 허무해 지는 허무주의자가 되기도 하고, 곧 다가올 겨울에 대한 두려운 마음이 드는 것도 사실인 것 같다…

하지만, 가을이 좋아지는 사람들도 있다. 난 개인적으로 새 생명이 잉태되는 봄을 많이 좋아하지만, 가을의 운치 또한 좋아한다. 해질 무렵 석양의 노을을 바라보며, 눈물을 흘릴 줄 아는 감상주의자이기도 하지만,,, 그래도 가을은 또 다른 삶의 전환점이 되기에, 그러한 가을의 문턱에서 떨어져 빛을 다 발한 나뭇잎을 보면서 아쉬워하는 맘과 함께 눈물의 골짜기를 다시 기쁨으로 전환시키는 행복의 끝자락을 붙잡기를 좋아한다.

겨울잠을 자는 개구리의 구슬픈 노래 가락도 때로는 인생의 슬픈 묘미를 반영해 준다고 느낀다.

내 인생의 아픔을, 슬픔을 기쁨으로 보상받고 싶은 심리도 발동하게 된다.
가을이 오면, 옷깃을 더 세우며, 더 여미며, 마음 속 깊은 곳의 노래 가락을 더 구슬프게 읊조리게 되는 것 같다.

가을의 고즈넉한 풍경을 창 밖으로 바라보며, 커피 한 잔의 향에 취해 본다.

아름다운 추억거리도, 마음 속 깊이 잔잔하게 울려 오는 사랑의 노래 가락도 ,,, 때로는 보고픈 그리운 누군가가 생각날 때면, 마음을 쓸어 내리게 되지만,,,

난 그래서 인생의 향연이 참으로 의미가 있다는 생각이 든다.

보고픈 마음, 그리운 얼굴들, 나의 사랑하는 사람들과의 아름다운 추억들…
그곳에 나란 존재가 존재감이 있고, 난 나의 모습으로 다시 태어날 수 있는 것 같다…

겨울이 오기 전에, 낙엽의 추억거리들을 모아서 하나의 시집을 내고 싶다.
한 해 한 해 소중한 달력들 못지 않는 내 마음의 추억들을 하나하나 꺼내어 다시 볼 수 있도록…

나의 사랑하는 가족들과 소중한 사람들과 함께 한,
그 아름다운 추억이 아롱지는 가을 풍경 속
그 곳에서 나를 만나고 내 자아를 더욱 사랑하게 되면 나의 의미도 그곳에서 찾을 수 있을 것 같다.

가을의 낙엽 지는 풍경을 바라 보며…
난 오늘도 단풍잎을 하나하나 꺼내어, 내 마음 속 사진 첩에 담아둔다……
아롱지는 눈물과 함께, 사랑의 추억으로…^^

## 6. 살아가야 할 이유가 있다면…

오랜만에 모교를 찾았다. 교정을 오르는데 가슴이 뭉클했다.

대학 2학년 때 원어연극 여주인공을 맡아 열연하면서, 당시 연습하면서 있었던 해프닝과 여러 대학 추억들이 떠오르면서 벌써 많은 시간이 흘렀음을 느끼게 되었다. 하지만, 그때 그 어릴 적 모습은 마치 고등학교를 막 졸업하고 사회에 첫 발을 내디디기 전 앳된 모습의 순진난만한 모습이었을 텐데… 지금은 어엿한 교수의 모습으로 학생들 앞에 다가서야 하는 그러한 위치가 되어 버렸다. 어린 학생들을 보니, 귀엽기도 하고 또 생기발랄한 모습들이 보기 좋으면서도 한편으로는 책임감도 느끼게 된다. 내가 과연 이들에게 무엇을 줄 수 있을까?

난 지식 많이 쌓아서 학생들에게 전수해 주는 그런 교수의 모습이 아니라, 진정 삶의 인생의 멘토 역할까지 충분히 해 줄 수 있는 그런 영향력 있는 교수가 되고 싶다.

내 앞에 열려진 길이 비록 좁은 길이라 하더라도 눈 위에 하얀 발자국을 찍기 좋아하던 나의 옛 모습을 떠올려 보며, 내가 진정 개척자의 정신으로 나아가야 함을 느끼게 된다.

지식도 중요하지만, 그 무엇보다도 삶의 진정한 가치가 무엇이고, 우리 학계가 추구해야 할 모습은 과연 어떤 모습인지… 그러한 청사진을 제시해 줄 수 있는 그런 교육자가 되고 싶다.

내가 살아가야 할 이유가 있다면… 내 인생에 진정 목표로 삼고 가야 할 것이 있다면? 내 평생 추구해도 아깝지 않을 그러한 가치가 있는 삶, 그러한 삶을 멋지게 힘차고 당당하게 살아가는 그러한 모습이고 싶다.

## 7. 하늘

내가 왜 이 좁은 교수의 길로 접어 든 거지?

세상에는 즐겁고 행복한 많은 일들도 있을 텐데…

그냥 행복하고 싶다.

내가 하고 싶은 것들 마음대로 하면서…

하지만, 난 공부 쪽에 어렸을 때부터 자질이 있었다고 생각된다. 지금에 와서는 … 예전에는 몰랐지만… 나의 능력과 실력을 잘 겸비해서 인정받는 사람이 되고 싶은데…

나의 길이, 내가 걸어가는 이 길이 요원하게 느껴진다…

그래도 포기하고 싶지는 않다.

그렇다 …

난 나의 인생을 즐기며, 학계에서도 소신껏 내가 하고 싶은 연구분야 맘껏 하면서 살 거다.

남들의 눈치 보지 않고..

하늘이 내게 준 운명이라는 것이 있고, 나의 그릇이 있다면…

난 커피잔으로 지어졌는데, 내가 뚝배기 그릇이 될 수는 없지 않은가?....

문득 "하나님은 날 만드신 분" 이라는 찬양이 귓가에 들려 온다.

나의 위로자 되시는 그 분이 계셔서 정말 감사하고 다행이다.

이 밤에 나의 아프고 상한 마음을 위로해 주시는 그 분이 내 곁에 계셔서...

난 내일을 향한 멋진 꿈을 꾸면서 오늘 하루도 잘 마감하련다…

하나님은 너를 만드신 분
너를 가장 많이 알고 계시며

하나님은 너를 만드신 분
너를 가장 깊이 이해하신단다

하나님은 너를 지키시는 분
너를 절대 포기 하지 않으며

하나님은 너를 지키시는 분
너를 쉬지 않고 지켜 보신단다.

그의 생각 셀 수 없고 그의 자비 무궁하며
그의 성심 날마다 새롭고 그의 사랑 끝이 없단다

(간주)

하나님은 너를 원하시는 분
이 세상 그 무엇 그 누구보다

하나님은 너를 원하시는 분
너와 같이 있고 싶어 하신단다

하나님은 너를 인도하는 분
광야에서도 고통 중에도

하나님은 너를 인도하는 분
푸른 초장으로 인도 하신단다

그의 생각 셀 수 없고 그의 자비 무궁하며
그의 성심 날마다 새롭고 그의 사랑 끝이 없단다

그의 생각 셀 수 없고 그의 자비 무궁하며
그의 성심 날마다 새롭고 그의 사랑 끝이 없단다

## 8. 김치

상해에서 유학생활 하면서 우리 동학들을 방에 초대해서 음식을 대접한 일이 있었다.

그때 캠퍼스 모임이었는데, 기숙사 나의 방을 오픈하게 되었다. 그냥 어미와 같은 마음으로 우리 어린 대학생들을 먹이고 함께 나누고 싶은 마음이 강했던 것 같다. 당시 김치 볶음밥을 만들고 카레 덮밥에다 된장찌개까지 끓였는데, 우리 어린 친구들은 모두 밥을 두 그릇씩이나 먹었던 것 같다. 학생시절의 배고픔도 있었겠지만, 유학 생활하면서 엄마 밥이 많이 그리웠을 게다. 지금도 그때 그 시절을 생각하면, 마음이 뿌듯해져 온다. 모두들 맛있게 먹어 줘서, 나도 참 기쁘고 감사했다. 그 날이 나의 장학금 수여식 날이었는데, 난 애들 밥 해 먹이느라 제대로 옷도 못 갖춰 입고 (갈아입고 갈 시간적 여유가 없었기에) 갔었던 것 같다. 그래서 모자 눌러 쓰고 가서, 장학금 증서 받아 왔던 기억이 새록새록 떠오른다.

해마다 김장철이 되면, 우리네 한국인 가족들은 배추를 사다가 소금으로 절이고 김장을 한다.

올해도 한국에 와서, 가장 먼저 한국에 있었던 친구에게 김장한다는 소식을 듣게 되면서 내가 한국에 왔음을 실감하기도 했다.

또 한가지, 유학생활 중에 떡볶이 사건이 생각이 난다. 난 중국 학생들을 보면 애틋한 마음이 많이 생긴다. 아무래도 한국에서 교회 생활하면서 오랜 기간 중국 선교 팀에 있었기 때문이기도 한 것 같다. 우리 학교 도서관에서 우연찮게 알게 된 중국 석사졸업생 이었는데, 그 친구가 미국으로 박사과정을 준비하고 있었다. 내가 처음으로 만났을 때 그 친구는 참으로 패기가 있었고 자신만만했었다. 그래서 나는 그 친구의 그런 자신감 있는 모습이 넘 멋져 보이기도 했다.

가끔씩 문자 메세지도 주고 받았었는데, 어느 날 연락이 끊겼다가 다시 연락을 취하게 되었다.그날도 학교에서 우연찮게 다시 만나게 되었는데, 많이 지치고 힘든 모습이었다. 알고 보니, 당연히 미국에 갈 수 있을 거라고 생각했는데, 유학 가기로 준비한 모든 일들이 생각대로 잘 되지 않은 모양이다. 설상가상으로 얘기를 들어보니, 6년 넘게 사귀어 온 여자친구와도 헤어져 아픈 시기를 겪고 있었던 것이다.

난 너무 가여운 마음과 위로가 되어 주고픈 마음에 떡볶이를 만들어서 그 친구에게 한국음식 소개도 할 겸, 기운 내라고 대접하고 싶었는데… 그 날따라 그 친구와 연락이 잘 안되어서 그만 나 혼자 먹게 되었다. 그 후에도 몇 번 시도를 해 보았는데, 잘 되지 않았기에 난 몇 번이나 혼자 떡볶이를 먹게 되는 사건이 있었다. 지금도 그 때를 생각하면 웃음도 나온다… 그래도 그 중국 친구에게 끝까지 포기하지 않고 노력한 결과 나중에는 교회 앞에까지 가게 되었고, 나중에는 박사과정 가는 거 잠시 보류하고 원하는 곳에 취업이 잘 되어, 회사 생활 잘 하고 있다고 하는 연락을 받게 되었다. 그러면서 내게 고맙다고 했다. 자기에게 마음을 써 주어서^^

난 그 친구에게 복음을 전하고 싶어서, 학교 식당에서 함께 밥 먹으며, 성경책도 전해 주었는데, 그 당시에는 강하게 거부하고 심한 말도 해서 맘이 상하기도 했지만, 곧 회복되었었다.

그리고 내가 방학을 맞아 한국에 나와 있는 사이에 그 친구는 너무나도 간절한 마음에 교회 (형산루에 있는 국제예배당) 문 앞에 가서 기도를 간절히 올렸다고 한다. 들어가지는 못하고,,, 하지만 그 다음날 면접하면서 그 면접도 잘 되어 좋은 결과도 낳았고, 하나님의 존재를 어렴풋이나마 알게 되었다고 한다. 지금도 그 친구에게 끝까지 챙겨주지 못해서 미안한 맘과 함께 좋은 사랑의 메신저 역할을 조금이라고 할 수 있었던 것에 대한 감사한 마음과 추억이 있어서 한편으로는 기쁘다.

## 9. 발자국

나는 피겨 스케이터 '김연아'의 광(狂)팬이다. 참으로 아름다운 그녀의 자태를 보고 있으면, 내 마음까지 예뻐지고 전율이 내 몸을 감싸고 도는 것 같다.

엊그제 김연아 선수의 스케이트 경기가 있었다. 나는 경기 모습뿐 아니라, 갈라 쇼까지 가능한 꼼꼼하게 다 챙겨보는 편이다. 오늘도 갈라 쇼의 한 장면을 한참 음악감상과 함께 아름다운 몸짓 하나하나 지켜보았다. 참으로 아름답다…!!! ^^

뭐라 표현할 수 없을 정도로 아름다운 모습을 숨을 죽여 가며 보고 있는데, 순간 가슴 한 켠이 아려왔다. 이렇게 멋진 연기를 펼치기 위해서 매 순간순간 혼자와의 싸움을 했을 생각을 하니… 아무도 보지 않는 스케이트 연습장에서 혼자 얼마나 많은 연습을 했길래 이런 경기가, 이런 연출이 가능할까… 알게 모르게 또 혼자 흘린 눈물은 얼마나 많을까…?! 경기선수들 모두 부상을 달고 다닌다고도 하는데… 부상으로 아파할 때도… 아무도 개척하지 않은 불모지였기에 미래도 불투명했을 텐데…

눈이 내리면 발자국 찍기 놀이하는 것을 좋아했다. 나는 깨끗하게 새하얀 눈 위를 걸으면서, 새롭게 내 발자국을 하나 하나 찍는 것이 참으로 기분 좋은 느낌과 함께 뭔가 알 수 없는 보람도 느꼈던 것 같다. 그렇게 내 발자국을 하나 하나 깨끗한 도화지 같은 눈 위에 새겨 나갈 때, 내 안에 알 수 없는 기쁨이 솟아 나곤 했다.

나 또한 우리 집안에서 혼자 신앙생활을 하고 있었다. 어렸을 때부터 모태신앙의 친구들은 부모님이 교회를 가면 용돈을 더 많이 주고, 좋아하셨다고도 하는데 나는 그 반대였던 것 같다.

하지만 난 내 안에 빛으로 생명으로 오신 하나님을 포기하고 싶지 않았다. 그러면 그럴수록 더 내 안에 무언가 알 수 없는 오기 같은 것도 생기고 소위 말하는 내성도 생겨서… ^^ 더 하나님 앞에 나아가 눈물의 눈물을 쏟고 기도하게 되는 것이다. 그래서 한 때 지역 교회 다닐 때, 기도하면서 눈물을 많이 흘려서 나의 별명이 '눈물의 자매님' 이었다. 엄마는 어느 날 교회 집사님으로부터 "따님이 기도를 울면서 참으로 많이 한다고… 가족을 위해서도…" 그렇게 말씀하시면서 전화로 엄마에게 교회에 나올 것을 권하셨는데, 엄마는 오히려 내가 사연 있는 여자로 오해받겠다고 하시며, 나에게 처신을 어떻게 하고 다니길래, 교회에서 네가 그런 소리를 듣냐고… 그래서 난 지금도 모태신앙의 친구들이 참으로 부럽다.

내가 중국 상해에서 박사과정을 하면서 학위논문 예비답변 심사 때 엄마가 처음으로 교회에 나오셨다. 엄마는 그 동안 나를 위해 기도 한번 못해 준 것이 그렇게도 맘에 걸리셨다고… 알고보니, 당시 우리 같은 아파트에 엄마를 챙겨주신 권사님이 한 분 계셨는데 아무래도 하나님이 보내 주신 천사같다. 엄마가 교회를 나가셨던 것이 내가 논문 예비답변 무사히 끝낸 것보다 더 기뻤다.

난 우리 집안에서 '믿음의 일 세대(첫번째 세대)'임을 이제는 자랑스럽게 말하곤 한다. 그만큼 내 신앙도 단단해지고 이제는 "믿음" 이 얼마나 중요하고, 또 "복음"이 얼마나 소중한 건지 잘 알기에… 이젠 그 어떤 그 무엇과도 바꾸고 싶지 않다. 내 인생의 목적과 삶의 의미를 찾았기 때문에, 난 정말이지 너무나도 행복하다. 내가 무엇을 가지고 소유해서가 아니라, 내가 하나님의 사랑 받는 존귀한 자녀라는 것이 너무나도 기쁘고 좋다. 그래서 나는 이제 기회가 있을 때마다 외치고 싶다. ^^

어렸을 때 나의 꿈은 '피아니스트' 였다. 그래서 그런지 난 감수성이 풍부하다는 말을 많이 듣는 편이다. 중학교 때 생각지도 않게 공부에 재미를 붙여 공부에 그야말로 폭 빠져서, 공부 외에는 하고 싶은 것이 없을 정도였다. 그래서 그렇게도 좋아라 했던 피아노 교습도 그만두고, 난 공부에만 전념했다. 전교 3등을 하고 좀더 노력을 하니, 자연스럽게 전교 1등을 하게 되었다. 항상 1등이란 자리는 불안하기에 1등을 놓치지 않으려고 열심히 노력했다. 그래서 시험이 끝나고 나면 내 주위에 동학들이 모여서 정답을 물어보곤 했다. 당시 내가 별명이 '모범답안' 이 되기도 했다. 지금 생각해 보면, 참으로 이해가 안 가기도… ㅋㅋ 하지만 그렇게도 좋아라 하던 공부를 하다가도 나는 "죽음"에 직면하게 될 때면, 머리 속이 새하얗게 되고, 멍해졌다. '죽으면 그만인 것을… 내가 지금 뭐하고 있는 거지…' 죽음을 생각할 때면 아무 생각도 안 나고 이상한 느낌이 들었던 기억이 난다.

이제는 발자국 찍기 놀이 하는 것보다, 개척자의 정신을 주신 하나님께 감사 드린다. 나의 석사때 전공은 갑골문 고문자학 이었기에 논문도 "갑골문화" 방면으로 써 내려갔고, 박사 때는 전공을 바꿔서 응용 언어학 "인지언어학" 방면으로 쓰게 되었다. 이 두 분야는 아직 우리 나라 중문 학계에서 그다지 많은 연구 성과가 나오지 않은 분야 이기도 하다. 물론 많이 어렵다. 하지만 나는 논문 쓰기 위해서 자료들을 준비하고 공부, 연구하면서 참 재미가 있었던 것 같다. 많이 어려워서 중국 학생들에게 물어 보기도 했지만 그들도 잘 모르는 생소한 분야이기도 해서 어려움을 많이 감수해야 했다. 그래도 나는 이 분야에 대한 연구를 게을리 하지 않을 것이다.

논문을 혼자 써 내려가면서 희열을 느꼈던 것은, 내가 하늘 나라의 보화들을 이 지상으로 끌어 내리는 역할을 하게 해 주셔서 감사하다는 마음과 함께, 앞으로도 우리 중문 학계에 계속해서 연구하는 학자로서, 또 교육과 함께 삶의 지표를 제공해 줄 수 있는 인생의 나침반 역할을 잘 해 줄 수 있는 교육자의 한 사람으로서, 미지의 개척자 정신으로 부단히 열심히 정진하련다.

이러한 과정 중에, 내가 극복해야 할 많은 부분이 있다. 나는 내 자신이 약하다고 생각했지만, 하나님께서는 이러한 약하디 약한 사람도 들어 쓰시기 원하신다. 그 분이 원하시는 분량으로 나의 믿음을 끌어 올려 주시고, 나의 약함도 강함으로 바꾸어 주시고, 또 주위에 많은 좋은 분들도 만나게 해 주시고, 모든 환경과 상황을 극복하게 해 주신다. 나는 그러한 하나님을 나의 아버지로 모시고, 내가 "아바 아버지"라고 부를 수 있는 은혜를 주셔서 넘 감사할 뿐이다.

하나님, 그것 뿐이에요… 감사합니다!!!, 사랑합니다…!!! 나의 아바 아버지…^^

## 10. 눈이 내리네…

눈이 내렸다. 새하얀 눈이 길 위에 쌓여 미끄럽다. 오늘 오랜만에 3-4년 전에 수업하러 다녔던 목동 1단지와 2단지 사잇길을 걸으면서 상념에 잠겼다.

노트북을 고치러 가긴 했지만, 예전 일이 생각이 나서 감사한 마음과 함께 감격스런 마음이 생겼다.

3-4년 전 유학 가기 전에, 이 길을 걸으면서 울기도 하고 왜 나는 박사과정으로 가지 못하고 이렇게 정체해 있는 걸까? 다른 이들은 벌써 중국에 가 있기도 하고, 박사과정을 시작해서 학업을 하고 있는데 왜 나는 이렇게 여기서 이런 고생들을 하면서 다니는 것일까? 그 당시 힘들긴 하지만 "교학"이 좋아서 기쁘게 다녔던 때가 떠올랐다.

보고 싶은 학생들, 생각나는 학부모들도 있고 또 지금 생각하면 그때 그 오르막길을 어떻게 혼자 오르락 내리락 하면서 다녔을까… 고생도 많이 했지만, 결과적으로 수확도 많았던 것 같다. 내가 가르침의 은사가 그렇게 많고 탁월하기까지 한지, 내 가능성을 시험해 볼 수 있는 소중한 시간들이었던 것 같다. 그래서 나의 천직이 '교학(가르침)' 이라고 생각할 만큼 내 진로와 나의 우수성을 인정받았던 시기이기도 하니까…^^ 또한 박사과정에 와서 나의 논문 주제 제목을 빨리 잘 잡을 수 있었던 중요한 역할과 계기가 되어주었기에… (이때 가르치러 다니면서, 내 마음 가운데 의문점을 가지게 되었던 문장이 있었는데, 유학 와서 계속 내 마음 가운데, 내 생각가운데 떠나지 않았었기에 그것을 주제로 삼게 되었다…)

한편으로는, 독립하고 싶다는 생각이 많이 들기도 했다. 앞으로 나의 길을 걸어감에 있어서, 쉽지 않을 수도 있다. 하지만, 나의 길이 내가 걸어가야 할 나의 길이라면, 잘 갈 수 있었으면 좋겠다. 집안에 있으면서 부모님의 영향을 많이 받아야 하고 좋은 긍정적인 에너지가 아니라면, 나도 살고 싶고 숨막히는 순간을 견뎌내고 감내해야 하는 그런 고통도 있기 때문이다.

외국에 혼자 살 때는 물론 힘든 점도 많이 있었지만, 그래도 내 자신이 자유 했기 때문에 혼자 생각하고 판단하고 결정할 수 있었던 문제들도 또 다시 간섭과 부모님의 영향을 많이 받아야 하기 때문에, 특히나 우리 가정에는 엄마의 입김이 너무 세기 때문에 나의 의지를 또 생각을 죽여야 하는 것이 넘 힘들게 느껴진다. 심지어 부모가 자기의 못다한 한을 자식들에게 풀도록 하는, 그럼으로 인하여 자식의 인생이 마치 자신의 전유물인 것처럼 못다한 한을 푸는 것과 같은 그런 되물림이 되어서는 안되겠다는 생각이 많이 든다.

아이의 인생은 아이의 인생이고, 하나님의 뜻 가운데 자식을 자녀를 향한 계획을 물어보며, 달란트에 맞게 도와주는 역할을 잘 하는 것도 현명한 부모이고 지혜로운 부모인 것 같다. 우리나라 한국 부모들은 저마다 학교 공부를 잘 해서 좋은 성적을 받아오도록 강요하고 있는 것 같다. 공부를 잘하는 사람은 공부를 연구를 지속하는 학자나 교수 쪽으로 가야 하겠지만, 그렇지 못한 다수의 사람들도 그들의 달란트를 따라서 자신의 길을 걸어 감에 있어서 사회적인 편견이나 직업의 귀천이 없었으면 참으로 좋을 것 같다.

이를 위해서 난 앞으로 교육계 쪽에 진출해서 꼭 이 분야에 도움을 주고 싶다. 지금은 비록 모교에서 수업을 맡아 시작하는 것으로 감사하고 만족해야 하겠지만, 분명 10년 뒤에는 모교의 교수 뿐 아니라, 총장 더 나아가 몇 십 년 후에는 정계 교육계에도 진출해서 나의 뜻을 펼쳐보고 싶고 진정 자라나는 세대들을 위해서 꼭 도움을 주고 싶다.

살기 좋은 세상에서 우리 자녀들과 학생들이 맘껏 뛰놀고 자신의 역량을 잘 발휘할 수 있도록 도움을 주는 그런 멘토 역할뿐 아니라, 제도적인 장비까지 마련해 줄 수 있는 단계와 능력이 구비되었음 좋겠다.

## 11. 내가 생각하는 "행복" 이란…

이른 아침 새벽 안개 속에,
영롱한 이슬이 맺힌 잎사귀의 작은 떨림을 사랑합니다.

천지가 개벽하는 새벽 미명에도 작은 노력들이 있었기에,
때로는 자기 몸을 불 사르는 희생과 헌신이 있었기에
가능했음을 알기에...

난 이른 아침, 새벽 안개 속에 맺혀 있는 이슬을 사랑합니다...

내 안에 맺혀 있는 눈물 한 방울 찍어다가,
맛을 보여 주고픈 마음이 들 정도로
농도의 진함을 따질 수는 없겠지만,
저마다 가슴에 맺혀 있는 피 한 방울,
눈물 한 방울의 의미는 다를 거라고 생각합니다.

나의 생각이 다가 아니듯이, 나도 다른 이들의 인생을 간섭할 자격도 없지만...
우리는 모두 저마다의 아름다운 인생의 빛깔을 내어 뿜고 있기에...
우리의 인생이 그토록 아름다운 것 같습니다.

사랑도 아픔도 눈물도 시간의 흐름 속에 흘러 보내어야 할 그 순간에는
지구 반대편 한 모퉁이의 누군가는 희열의 기쁨의 눈물을 흘리고 있었을 테니까요...

난 행복을 잘 모르지만, 행복 예찬론자도 아니지만,,,
행복하고 싶고, 그 행복을 나누어 줄 수 있는 자가 되고 싶답니다...

하지만 그것 또한 쉽지 않음을 느껴요....

저마다 인생의 무게가 무겁기에..
또 간섭 받고 싶어하지 않는 각자의 삶의 영역이 있기에...
내가 감히 침투해 들어 갈 수는 없지만,,, 그래도 마음 속으로 기도는 해 줄 수 있기에...

난 오늘도 나의 행복의 잔을 기울여서 타인의 잔으로 옮겨 놓습니다.

내 잔이 비워지면, 또 다시 채우는 아픔을 감내해야 하지만,,, 그래도
내 안에 남아있는 그 눈물 한 방울의 의미를 가슴에 담아두고...
난 또 다시 당신의 잔으로 나의 마음과 눈물을 옮겨 놓습니다...

## 12. 춥고 배고픈 기억

누구에게나 춥고 배고픈 기억은 있을 것이다.

나에게도 마찬가지로 내 인생에 처음으로 "눈물젖은 국수"를 먹었던 그 시절이 있었다.

중학교 때 전교 1등을 하면서, 나의 별명이 모범답안이기도 했던 내가 그만 재수를 하면서도 후기 대학교까지 다 낙방을 하였던 것이다. 그 당시 나에게 적용되었던 입시제도는 선지원, 후시험 이었고 그것도 기회가 딱 한번의 선택만이 가능했던 것이다. 지금이야 먼저 시험점수가 나오고 난 뒤에, 내 성적에 맞추어 여러 군데도 지원이 가능하지만, 나에게 적용되었던 입시제도는 그렇지가 않았다.

재수까지는 그래도 괜찮을지는 모르지만, 그 당시 재수시절에도 나름 열심히 했었는데 시험 문제가 너무 쉽게 출제되는 바람에, 오히려 성적이 좋은 학생들이 피해를 많이 입게 되었던 것이다.

난 재수에도 낙방을 하고 나서, 나의 알량한 자존심에 아빠에게 한번의 기회를 더 달라고 애원해서 얻은 삼수의 기회는 나에게는 너무나도 가혹한 느낌 보다는 정신병원이라도 갈 것 같은 정신의 노이로제 라도 걸릴 것만 같았다. 그도 그럴 것이 난 놀았던 사람도 아니었고, 정말 나름 열심히 최선을 다해서 한 것 같은데,,, 운명의 신이 나를 도와 주지 않는 그런 생각이 들 정도로, 난 삼수의 길을 택할 수 밖에 없었다. '그래도 전교 1등을 했던 나였건만.. 내가 감히 전문대라니..' 이건 생각할 수도 없는 일이었다.

난 중학교 때도 서울대 아니면, 안 간다고 생각했었고, 당시 전교 1등을 했었기에, 그건 나에게 당연한 일이었던 것이다. 하지만, 삼수의 길은 내게 멀고도 험했다. 다람쥐 쳇바퀴 돌 듯, 그 수험시절을 3년이나 하기에는 인간적으로 넘 지치고 힘들었다.

대성학원을 다니던 어느 날, 아마도 새 학기쯤으로 기억이 된다. 그날도 역시나 토요일 오후지만, 야간 자율학습을 해야 했기에… 학원에서 밥을 먹고 공부에 전념을 해야 했지만, 난 왠지 집에 가고 싶었다. 그래서 책가방을 싸들고 집으로 향하던 중에, 버스에서 내리게 되었다. 왜 내렸는지, 그리고 그 허름한 의자도 몇 개 없는 음식점에 그날 내가 왜 들어갔는지도 잘 모르겠다. 하지만, 난 배가 고팠기에 국수를 한 그릇 시켰다. ㅎㅎㅎ

그 국수의 맛은 잘 모르겠다. 잘 기억이 안 난다. 국수가 코로 들어 가는지, 입으로 들어 가는지… 모를 정도로 그날 난 눈물이 하염없이 흘러 내렸던 것이다.

왜 내가 이렇게 험난한 삼수의 길을 선택해야 했는지, 그 원인도 이유도 모른 채, 내 인생의 좌절과 패배감을 심하게 경험하고는 자신감이 하나도 없었다. 물론 아빠는 내가 힘들까 봐, 전문대 입시라도 치라고 하셨지만, 내가 우겨서 애원해서 이렇게 선택한 길인데도 말이다. 그 하염없는 눈물과 함께 눈물 젖은 국수를 먹고 있던 그 때, 그 순간 … 에 내 눈 앞에 들어오는 액자가 한 개 있었다.

> "그리스도는 이 집의 주인이시요, 매 식사 때마다 보이지 않는 손님이시며, 모든 대화에 말없이 듣는 이시니라…"

그 순간 그 말씀이 내 가슴이 와서 꽂혔다. 어렸을 적에 친구와 함께 여름 성경학교를 다니던 시절에 친구 집에 놀러 갔을 때, 친구가 물었던 그 예수님 사진이 그 당시 너무나도 선명하게 내 눈 앞에 보여지는 것이었다.

"예수님의 형상" 이…

나중에 알게 되었지만, 중국의 한 오지를 걷던 사진사가 하나님이 살아 계신다면, 내 눈 앞에 보이게 해 달라고 기도 했었던,,, 눈이 얼고 녹은 그 형상이 바로 예수님의 형상이 되었다는 그 유명한 액자 !!!

그 액자가 바로 나의 인생을 송두리째 바꾸어 놓은 계기가 되었던 내 보물 1호의 액자이다. 그 액자를 난 항상 소지하고 다녔었다.

더욱 놀라운 것은, 그런 일이 있고 난 후 얼마 안 되어서, 나의 고3때 절친한 친구의 어머님이 나에게 힘들겠다고 선물을 하나 해 주셨는데, 바로 그 음식점에서 본 것과 똑 같은 "예수님 사진의 액자" 바로 그 액자였던 것이다. 나의 얘기를 전해 들으시고, 그 어머님이 더 큰 은혜를 받으셨다고도… ^^

그 후로 나의 삼수시절이 어떻게 지나갔는지 생각이 잘 나질 않을 정도로,,, 난 순조롭게 잘 지낼 수 있었던 것 같다. 그 날 이후, 난 지금 이순간 나와 함께 하시고, 그 분이 내 모든 대화에 말없이 듣고 계신다는 그 확신과 믿음이 내 안에 깊이 들어왔던 것 같다.

이렇게 해서 나와 하나님과의 첫만남이 시작이 되었다.

지금 이순간도 이렇게 적어 내려가고 있는 나에게, 하나님께서는 내 힘으로는 할 수 없지만,,, 그 분이 나를 통해 이루실 거라고 자꾸만 말씀하고 계시는 것 같다.

난 정말이지 나약하고 할 수 없지만, 내 안에 계신 그 분이 나와 함께 하시기에, 난 약한 자가 아니라고… 그래서 어떤 순간, 어떤 상황에서도 난 포기할 수 없고 좌절할 수 없다고… 오히려 포기하고 싶은 그 순간에 하나님께서 내 손을 더 꽉 붙잡고 계시다고 말씀하여 주시는 것 같다.

난 그런 그 분을 내 인생의 절망 가운데서 만날 수 있었음에 너무나도 감사를 드린다. 내가 만약 한 번에 서울대에 합격하였고 탄탄대로를 달렸더라면, 내 인생이 또 내가 "안하무인(眼下無人)" 으로 살아가고 있지 않았을까… 하는 생각이 많이 든다.

> 그래서 난 오늘도 감히 말한다. "절망은 희망의, 행복의 문으로 가는 지름길" 이라고…
>
> ㅎㅎㅎ

어줍잖은 저의 신앙 간증문을 들어 주셔서 참으로 감사를 드립니다!!^^
하나님과 함께 하시는 축복을 빌어 드립니다...!!!

특히나, 인생의 크고 작은 이런 저런 좌절들을 경험하고 아파하고 힘들어 하고 계시는 분들을 위하여 이 글을 띄워 드립니다.

모두 모두 파이팅!!!^*^

## 13. 천상의 비밀이 내는 소리

천상의 비밀…

내 안에 숨겨진 보석에 관한 천상의 비밀…

그 비밀 안에 숨겨진 마음의 고향…

난 언제나 그곳을 찾아가고 싶다.

내 마음이 고플 때나, 생각이 복잡하거나, 인생의 답이 나오지 않을 때 특히나 더…!!!

나의 자존감이 무너져 마음이 힘들고 눈물이 흘러내릴 때…

내 안에 기대감이 계속 생겨나게 해 주시는…

그 비밀의 천상의 소리가 내 안에 있기에 난 행복할 수 있고,

다시 일어 설 수 있다.

나의 수준이 아닌 그 분의 수준…

내가 그 분을 온전히 의지할 때 나의 수준이 아닌, 그 분의 수준으로 나를 끌어 올릴 수 있다.

## 14. 정신병자

우리가 흔히 말하는 "정신병자"는 국어 사전에서 찾아 보면,

(1)
[의학] '정신 장애인(精神障礙人)'을 얕잡아 이르는 말.

저희 병원에는 정신병자를 위한 특수 병동이 있습니다.
유의어 사이코 (psycho) (2)

(2)
비정상적인 행동을 하는 사람을 속되게 이르는 말.

<医学> 神经病人[shénjīngbìngrén],
神经患者[shénjīngbìnghuànzhě]

이렇게 나와 있습니다.
하지만, 제가 생각하는 의미는 조금 다르게 해석이 되어지는데,,,
저의 주관적인 생각일 수도 있고…
하지만, 우리 모두는 정신병자라고 한다면 역설이 되는 표현일 수도 있겠지만, 전 그렇게 생각이 되어집니다. 왜냐하면, 상대방의 주관적인 행동이 객관화 되어지지 않는다면, 상대방의 입장에서 우리 모두는 비정상적인 행동으로 해석되어 질 수 있다고 느끼니까요… 후우!

저의 경우도 별반 다르지 않다고 생각되요…

잘 다니던 외국계 회사 그만 두고, 나이 서른 다 되어서 대학원 공부를 시작했으니깐… 그 당시에 모두 저 보고 미쳤다고 그렇게 안정되었던 외국계회사 급여도 내팽겨치고 저 스스로 대학원 입학을 결정했으니까요… 결혼도 안 한 상태였고, 앞 날에 대한 불안감에 몸서리 칠 수도 있는 서른 문턱에 다다랐을 때, 저의 선택을 보고 혹자는 그렇게 생각하고 말했을 수도 있지요…^^

하지만, 지금 되돌아 보면 그때의 과감한 선택이 있었기에, 오늘의 저가 있을 수 있었던 것 같아요… 그리고 새로운 도전의 새로운 세계로의 전향이 가능했던 거지요…ㅋ

그래서 저는 감히 말할 수 있을 것 같아요… 만약 그대도 무언가 새로운 도전을 결정해야 하는 시기에 주변의 그 어떤 환경과 상황이 내 발목을 붙잡는다고 하더라도, 내 마음의 결정과 결단이 선다면, 과감하게 도전해보라고… 삶은,, 우리 인생은 도전하고 성취하는 자의 것이라고…!!! 도전이 없다면, 성취도 없고, 성취가 없다면, 새로운 인생도 열릴 수 없는 거라고… ^^

중국에 유학을 결심하고 그 당시에 아무런 정보도 없는 상태에서 혼자 유학원의 문을 두드렸다. 중국어 교학에 한참 빠져 다른 어떤 것도 눈에 보이지 않았었고, 그래서 사범대학의 문을 두드리고 싶었고, 마음 깊은 곳에 유학에 대한 로망이 깊이 자리하고 있었기에 그 누구에게도 말하지 못하고, 혼자 울면서 수업을 하러 가기도 했었던 지난 시절이 있었기에, 과

감히 유학에로의 인생 도전장을 낼 수가 있었던 것이다.

유학원 사장님이 내게 요구한 것이 있었기에 난 동의하고 싶지 않았고, 그래서 나 혼자 힘으로 당시 유학원 대행 업무까지 혼자 유학의 모든 수속을 밟으며, 저녁 40일 금식기도까지 해 가면서 유학으로의 꿈을 키워 나갈 수 있었던 것이다.

다행히도 신은 스스로 돕는 자를 기억하시는 것 같다. 가장 좋은 중국 국가 정부 장학금의 기회를 얻는 순간, 난 이것이 꿈인지 생시인지 잘 몰라서.., 중국어 학원에 가서 직접 물어 보기도… 중국에서 내게 보내 준 이메일 내용이 모호했기에… 나중에 알고 보니, 중국 국가 기금 위원회에서 나에게 국비 장학금을 3년 전액으로 지원하기로 했고, 넌 이미 네가 지망한 대학교 박사과정에 합격이 된 것이라고…

당시 중국에서 많은 석, 박사 과정을 준비하는 학생에 비해 나는 아무런 사전 정보도 없었기에 혼자 그 모든 유학 정보를 알아내고 수속을 밟고 준비하기에 힘든 부분도 많이 있었지만, 이렇게 신은 내 편에 서서 나를 힘껏 도와 주시고 계셨던 것 같다… 그래서 나의 상해 유학생활 동안의 닉네임도 천사(수호천사) 파이팅이 된 것이다.

모르는 사람들은 내게 묻는다. 난 내가 천사란 뜻이 아니고, 나의 수호천사 파이팅 이라는 뜻의 내용이라고 계속 해명하기에 바빴다…ㅋ

## 15. 누군가를 위한 기도

내 삶의 기쁨이 찾아와도
내 삶의 슬픔이 찾아와도
누군가 나를 위해 기도하고 있다는 그 한 마디의 말과
그 생각이 나를 일으켜 세워줄 때가 있다.

나의 정체성과 존재감이 약하고 무너져 내릴 때,
그 분들이 내게 해 주시는 격려와 응원의 말 한마디에
내 마음이 녹아내리고, 강퍅해진 내 마음에
사랑의 불꽃이 다시금 타오르는 경험을 한 적이 많이 있다.

우리 모두에게는 사랑이 필요한 것 같다.

사랑이 없이는 그 누구도 이 세상에서 살아가기 힘들다는 건 누구나 다 아는 사실이다.

하지만, 정작 내 자신이 먼저 주기에는 내 안에 사랑이 메말라서 때론 강퍅한 마음으로 다른 이들에게 가시 돋힌 말로 아픔을 주고 슬픔을 주면서 그것에 희열을 느끼는 사람들도 있다.

하지만, 내가 받은 그 사랑이 더 크기에 난 그들을 용서할 수 있고, 그들을 위해 말 한마디라도 따뜻하게 먼저 건네고 손을 내밀 수 있음에 감사하다.

올해도 얼마 남지 않았다. 이제 2013년은 내 인생의 과거로 기억될 테지만, 그 2013이란 숫자가 내게 주는 의미는 오래 갈 수 있다. 한 평생 갈 수도 있다. 나의 이력서와 나의 경력에 한 줄 더 그어지는 인생, 그로 인해 뿌듯해하기보다는 그 동안 내가 품고 용서하고 사랑할 수 없었던 그 한 사람 때문에 나의 자아가 더욱 사랑의 힘으로 강해질 수 있었고, 그로 인해 더 많은 사랑을 확인할 수 있었다면 난 그것으로 더욱 감사하고 싶다. 정말이지 품고 싶지 않았고 용서하고 싶지 않았던 그 한 사람, 그 사람이 누구이든 간에 그 사람을 위해 기도하며 한 해를 마감할 수 있음에 더욱 감사드린다.

왜냐하면, 난 사랑으로 이미 승리한 자이므로…!!! 인생의 진정한 승자란 이런 때 씌여지는 말이 되었음 좋겠다. 그렇다면, 우리 사회가 더욱 밝아지고 사랑이 넘쳐날 텐데…^^

달력의 이틀을 남겨두고 이런 고백을 할 수 있어서 더욱 기쁘고 감사하다.

내년도엔 이런 사랑들이 더욱 넘치고 넘쳐, 우리 사회가 더욱 기쁨과 사랑으로 또 행복으로 가득할 수 있기를 기대해 본다.

올 해가 가기 전에 내가 가장 싫어하거나, 내게 원수였던 그 한 사람을 위한 기도가 얼마나 큰 내적 힘이 되고 에너지가 되는지… 경험할 수 있는 우리가 되었음 한다.

## 16. 새해 새 아침

새해 새 아침이 밝았다.

오지 않을 것 같았던 칠 흙 같은 어둠 사이로 한 줄기 빛이 임하더니, 이렇게 어둠이 물러가고 새로운 빛으로 가득한 세상이 되었다.

한 여름 작열하는 태양 앞에서 땀 흘리고 수고하고 노력했던 시간들 속에서 나를 찾고 또 다시 나를 찾는 그런 시간들을 보냈던 것 같다.

새해에는 새 소망으로 새롭게 다시 시작하고자 한다.

주위에 있는 사람들부터 한 명, 한 명 사랑하고 싶다. 내 마음과 몸이 허락하는 한, 그들을 사랑하고 싶다. 나의 존재감이 묻어나는 시를 쓰고, 음악을 듣고, 힘들어 하지 않을 적당한 거리를 유지하며… 나의 길을 걸어가며…

글을 쓰는 작업도 게을리 하지 않을 것이다. 나의 아픔과 사랑과 소원하는 그 모든 것들을 글을 통해 풀어내며, 그 안에서 기쁨과 행복을 만끽하고 싶다.

나의 인생이라는 시간 속에서 기쁨과 슬픔을 씨줄과 날줄 엮듯이 엮어가며, 하나의 걸작품을 완성하기까지… 나는 노력을 게을리하지 않을 것이다.

꽃 병 속에 그림을 그리며 채색하는 화가의 손놀림처럼, 바쁘게 때로는 쉬어가며, 조각가의 수고로움을 통해 하나의 완성된 작품을 만들어 가듯… 그렇게…

조용히 인내하며, 나의 꽃병을 예쁘게 아름답게 만들어 갈 것이다. 때론 아픔이 올 지라도 연단의 소중한 시간이라 생각하며… 더욱 아름다운 걸작품이 될 거라 기대하며…

정진하련다. 새해 새 아침에 인사를 하면서 소식을 알리고, 안부를 전하며…

## 17. 벽들은 눈물의 색깔

누구에게나 마음의 벽들은 있다. 그 마음의 벽을 허물기까지 어떤 이는 많은 시간이 걸리고, 또 어떤 이는 생각지도 못한 사이에 순식간에 마음의 벽이 허물어 지기도 한다.

현대인들은 누구나 소통의 부재, 소통의 단절로 힘들어 한다. 왜일까? 우리 안에 벽들은 대부분 우리 자신이 쌓고 또 쌓아가고 있는 것 같다. 내가 내 자신에게 진실되지 못할 때, 우리 안에 믿음의 신뢰의 벽들이 무너지고, 또 낮은 자존감 때문에 내가 나를 사랑하지 못하고, 타인도 사랑하지 못하고, 자존심이 상한 마음으로 벽을 쌓게 되는 경우가 많은 것 같다.

누에고치 애벌레의 껍질을 벗는 고통스런 과정이 있듯이, 우리는 누구나 자신과 직면하고 대면하는 시간이 필요한 것 같다. 내가 먼저 내 안에 스스로 닫아 버린 마음의 문을 열려고 노력할 때 세상 가운데로 나아올 수 있고, 또 타인의 사랑을 받을 수 있고 나도 그들에게 먼저 손을 내밀어 사랑으로 다가갈 수 있는 것 같다.

타인에게 받은 마음의 상처는 시간이 지나고 지나도 아물지 않을 때도 있는 것 같다.

본의 아니게 받은 상처… 상처는 내가 받는 것이지, 주는 것이 아니라고도 하지만…

말로 인해 받은 마음의 상처는 시간이 지나도 쉽게 잊혀지지 않는 때가 많이 있는 것 같다.

그래서 더 두터운 마음의 벽들을 쌓아가고 있는 지도…

올 한해는 내 안에 마음의 벽들이 사랑으로 하나 둘 무너져 내리고, 그 사랑으로 타인을 포용할 수 있는 넓은 마음 주시기를 기도 드린다.

## 18. 묻지 않아도 알 수 있는 것들

한 사람을 사랑하면 끝까지 사랑하고 픈 순정파인 내게...

"사랑"이란 단어는 참으로 어색하고 낯설게 느껴지던 때가 있었던 것 같다.

"연애=결혼" 이란 나름의 공식까지 혼자 만들어 그 안에 안주하며, 만남과 교제를 기피하던 때도 있었다.

그래서 한때 내게 "연애"라는 단어는 참으로 낯설게만 느껴졌었다.

내게 호감을 느끼고 다가왔던 많은 뭇 남성들을 모두 거절하고 난 only one 나의 신랑이 될 그 한 사람하고만 교제하겠다고 다짐하고 또 다짐했던... 그 시절에 나의 별명은 "조선시대 여인"이었다.

그래서인지, 내가 남성에게 마음의 문을 열기가 참으로 어려웠던 때가 오랜 동안 지속되었던 것 같다.

아이러니 하게도 나의 가족은 2남 1녀, 난 항상 언니나 여동생이 있는 친구들이 부러울 정도로 남성보다는 여성을 많이 좋아했었다. 그래서 교회에서도 난 눈이 높은 여성으로 감히 근접하기 힘든 그런 상대였던 것 같고, 심지어 난 남자를 안 좋아한다는 소문까지 날 정도였다. 그러했던 내가 한때 철들고 짝사랑했었던 상대가 있었는데...

그 사람은 나를 그다지 좋아했던 것 같지는 않다. 말 그대로 짝사랑... ㅋ

지금 생각해 보면, 그래서 내가 나의 길을 걷는데 주저함 없이 앞만 보고 달릴 수 있지 않았는가 하는 생각도 든다. 그리고 때론 감사한 마음이 들 때도 있었다. 만약 내가 남자를 많이 밝히고^^ 지냈더라면, 그리고 내 마음 가는 대로 사귀었더라면, 지금쯤 당연히 결혼해서 애도 몇 낳지 않았을까 하는 생각도 든다.

만약 그랬더라면, 일도 학업도 제대로 내가 원하는 대로 다 하지 못했을 것 같다.

하지만, 내게 다시 대학시절로 돌아갈 수 있는 기회를 준다면, 원 없이 연애를 해 보고 싶다.

드라마나 영화 속 주인공처럼... 나도 멋지게 원 없이...^^

나의 제자들이나 내가 가르치는 학생들에게는 나의 경험을 얘기해 주며, 기회가 있다면 연애도 실컷 해보라고 권하고 있고, 또 권할 것이다.

남녀의 성격이나 역할도 많이 다르고, 이성교제를 통하여 배우는 점도 많고 또 돌아보면, 헤어짐이 아프긴 하지만, 나를 더욱 깊게 성장시키고 성숙할 수 있는 기회가 되기에... 난 주저 없이 책임질 수 있는 범위 내에서 맘껏 연애를 해 보라고 말하고 싶다.

그리고 이젠 내게 사랑을 할 수 있는 기회가 온다면, 주저 없이 그 사랑을 붙잡고 그 사랑에 진실되이 응하고 싶다. 내 자신을 속이지 않고 주저하거나 망설이지 않고... 정말로 진실된 사랑을 한 번 해 보는 데 그치는 것이 아니라, 영원을 약속한 만남과 교제로까지 이어지는 그런 사귐을 가져 보고 싶다. 굳이 말하지 않아도 눈빛만 봐도 서로의 마음을 알 수 있는, 영혼이 진실되이 맞닿을 수 있는 그런 진실된 사랑을 하고 싶다. 후회 없이...

## II. 내 마음의 보석

## 1. 수평선에서

깊고 푸른 겨울바다 앞에 나 홀로 수평선을 마주하고 서 있다.

찬 바람이 마음 속 깊이 파고 들어와서 옷깃을 여미고 여며도 다 여며지지 않는 것 같다. 나이가 들면, 지난 날의 추억을 먹고 산다고 그 누가 말했던가…?!?

지난 시간들이 주마등처럼 스쳐 지나간다. 한때 아름다운 열애를 꿈꾸며, 세상에서 가장 멋진 나의 백마 탄 왕자님과 함께 이 곳에 손을 꼭 붙잡고 올 거라 생각했던 나의 어린 시절의 꿈은 어디론가 사라져 버리고… 지금은 이 청명한 겨울 바다 앞에 나 홀로 망망대해를 마주하고 서있는 느낌이다…

저기 저 앞에 보이는 수평선의 끝은 어디일까? 궁금해진다. 어린 시절 가족들과 함께 바닷가에 놀러 와서 즐거운 한 때를 보낸 이도 있을 것이고, 또 어떤 이는 사랑하는 연인과 함께 신혼여행으로 혹은 밀월여행으로 이 곳에 와서 멋진 추억을 쌓고 돌아가는 이도 있을 것이다.

불현듯 나의 아픈 과거가 생각이 난다.

박사과정 다 마칠 때쯤, 논문을 다 쓰고, 졸업을 앞두고 있었던 일이다.

3년 안에 학위를 따겠다고 굳게 이를 악물고 열심히 노력했던 그러한 시간들이 있었기에 가능 했었던… 그 누구에게도 말로 표현하지 못하고 나무를 붙잡고 한없이 울음을 삼켜야 했던, 나의 그 유학시절의 잊지 못할 사건이 있었기에 나에겐 3년이란 시간 동안의 박사학위 취득이 가능 했었음을… 나의 소중한 그 분만은 아실거라 위로를 하고 버텨왔던 그 시간이 끝나갈 즈음에…

당시 박사과정을 들어올 수 있도록 내가 최선을 다해 도움을 드렸던 지인에게서 생각지도 못한, 내 마음의 커다란 상처를 남겨 줄 그런 배신을 당할 줄이야…

생각하고 싶지 않고, 내 기억에서 완전히 지워버리고 싶다. 정말이지 생각만 해도 넘 끔찍한, 뉴스에 보도라도 나올 법한 그러한 사건이 내겐 정말이지 완전히 완전히 내 기억에서 지우고 싶은 그런…

그 사람은 만취해서 실수로 내게 한 행동이라 했지만, 그것도 남편 님까지 옆에 있었고 그래서 그 남편님도 계속 만류하긴 했었지만…

그날 난 그런 일을 겪고서 기숙사로 돌아와 무서워서 홀로 가슴을 쓸어내리며, 눈물의 눈물의 흘렸던 그런 기억이 있다. 지금도 넘 생생하다. 내가 학교 징계 위원회에 회부를 하고 그 사건을 고발하고 그 사람을 고발하고픈 마음이 지금도 가끔씩 올라올 때가 있다. 하지만 내 안에 계신 그 분이 용서하라고 자꾸만 그렇게 말씀하시는 것 같아서 그렇게 하지도 못했다. 마음 가운데 커다란 미움을 간직하는 것은 안 좋겠지만,,,
시간이 지나도 그 상처는 잘 아물어 지지가 않는다…

나의 유학시절이 다 지났기에 모두 좋은 추억이었고 인생에 도움이 되는 경험이었노라고 쉽게 말할 수도 있겠지만,,,

진정 나의 입장에서는 그렇게 말하기엔 넘 가슴이 아프다. 내가 혼자 감내해야 했었던 그 모든 감당하기 힘들었던 경험 속에서 그만큼 더 성장하고 성숙할 수 있었지만… 그래도 혼자 이기에 더욱 아파해야 했었던 그 시간들…

그래서 그 이후로는 한인 사회가 치가 떨리도록 싫었다. 외국에서 같은 한국인끼리 서로 도움을 주고 받지는 못할 지언정,,, 신문에도 창피하게 장식될 그럴 일은 없어야 하지 않겠는가… 그 사람이 타인을 시켜서 용서를 구하고 만취해서 그렇다고 그렇게 얼버무리고 넘어가기엔 사람의 도가 아닌 것 같다. 남편이라도 와서 사과를 구했어야 하는 것이 아닌가? 혼자 이기에 더 슬펐던, 나 혼자 방어해야 했던 그 시간이 넘 슬펐다… 그래서 더 남자가 필요하다는 생각을 하게 되었던 것 같다. 그러한 시간 이후, 내게 다가온 인연은 한국인이 아닌, 중국인이었다. 난 그 날 이후로, 같은 한국인이 넘 싫었다… 지금도 아직 완전히 회복이 된 것 같지가 않다. 비가 오면 무릎이 시리듯이… 가끔씩 때론 많이 아파 온다…

상처 난 부위가… 아물기를 바라지만, 잘 아물어지지가 않는다… 유학 시절에 갖게 된 악연 중에… 그것도 내가 지극 정성으로 도움을 주었던 사람에게 받은 배신감이기에 더 그 상처가 큰 것 같다. 같은 크리스천이기에 더더욱…

수평선의 끝은 사람의 마음과 마음이 맞닿은 곳일까? 미움과 증오조차도 서로의 마음이 맞닿는다면, 이해가 되어질까?? 남녀 간의 사랑도 마찬가지일까??...

인생에 얻기 힘든 정답 중 한가지가 바로 이 수평선과도 같은 걸까? 인생을 살아가면서 우리가 풀 수 없는 많은 문제들… 복잡미묘한 인간의 감정들… 그로 인한 마음의 갈등과 크고 작은 분쟁들… 그 모든 인생의 해답은 어디에 있는 걸까?

저 수평선의 끝이 어딘지를 안다면, 그 풀기 어려운 인생의 답도 얻을 수 있을까???

## 2. 별과 비슷한 모양을 가진 것들

어렸을 때, 나의 꿈은 피아니스트였다. 피아노 치는 것을 너무나도 좋아해서…^^ 엄마가 심부름을 시키셨을 때에도 피아노 선율이 느껴지는 그 음악 소리에 한참을 귀 기울여 그 곡이 다 끝날 때까지 집에 가지도 않고 서서 들었기에… 심부름 시키신 엄마에게서 내가 "함흥차사(咸興差使)" 라는 말까지 들었었다.

한 가지 일에 집중을 하면, 집중력이 있는 편이라서 다른 것들은 잘 생각을 하지 못하는 나의 성격 탓도 있는 것 같다…

성장하면서 학창시절에 공부에 재미를 붙이게 되어, 난 공부하는 게 제일 행복했다. 친구들이 놀러 와도 없다고 말하라고 할 정도로… 그리고 학교에서 수업 마치고 청소하는 시간이 아까울 정도로 학창시절에 공부에 몰두했었다. 내가 좋아서 공부를 열심히 하다 보니 자연히 전교 3등을 하게 되었고, 좀 더 노력을 하니 전교 1등을 하게 되었다. 그 이후로 전교 1등

자리를 놓치지 않기 위해 애쓰고 노력했었던 그런 시간들… 그래서 난 1등보다는 2등이 더 좋게 느껴지기도 했다. 1등은 그 자리를 유지하기 위해 남모르게 피눈물나는 노력을 해야 하기에… 그래서 1등은 외롭다는 말이 이해가 가기도…^^

대학교, 대학원, 직장생활 등을 거치면서 나의 꿈은 계속 바뀌었던 것 같다. 직장에 다닐 때 힘든 일들을 겪으면서 나중에 사회사업가가 되고 싶다는 간절함 바램을 갖게 되기도 했었고, 지금은 예전부터 계속 해 왔던 기도제목처럼 "하나님께 귀하게 쓰임 받는 자" 가 되는 것이고, 또 사람이 인정하는 리더가 아닌, 진정 "하나님께서 인정하시는 리더"가 되는 것이 나의 현재의 꿈이다.

조카와 함께 얼마 전에 [호기심 천국] 이란 책을 읽으면서, 우리가 밤에 보는 별들이 과연 낮에도 있는 것일까? 하는 질문을 접하게 되었다. 물론 어린 아이들의 상식에 맞게 내용들이 나와 있었지만… 내 마음에 느껴지는 감동이 있었다. 우리는 저마다 가슴에 꿈을 안고 또 그리며 살아가는 것 같다. 그 꿈의 크기는 사람마다 제 각기 다르기 때문에 누구의 꿈이 가장 좋고 크다고 말할 수는 없는 것 같다.

나이가 들면서 우리의 뇌가 퇴화하거나 정지하는 것이 아닌, 우리가 계속해서 노력하는 학습의 여부에 따라서 발달할 수 있다는 [뇌 과학] 방면에도 요즘 관심을 많이 가지고, 연구하고 있다.

우리 안에 저마다의 꿈이 있기에 인생이 더욱 빛나고 아름다운 것이 아닐까??

진정 꿈을 잃어버린 자가 되지 않기 위해 난 오늘도 정진하고 노력하고 있다.

"별을 노래하는 마음으로 모든 죽어가는 것들을 사랑해야지…" 하는 윤동주 시인의 '서시'을 읊조리며…

나의 꿈과 사랑을 노래하며, 타인과 함께 따뜻한 마음으로 나누는 자가 되기 위하여…

나의 부족함과 연약함을 잘 알기에… 더욱 나를 채찍질하면서, 오늘을 살아가는 자에겐 더 멋진 미래가 펼쳐질 거라 확신하면서…^^

오늘 하루도 가슴에 새겨진 별 하나를 생각하고 품으며… 화이팅하련다…!!!^*^

## 3. 시계

ㅉㄲㅉㄲ 시계의 초침이 도는 소리에 잠시 멈춘다.
나의 하루하루가 이 놈의 돌아가는 것에 따라 움직이고 이 놈의 시간 때문에 난 지각생이 되기도 한다.
"인생의 지각생"... 내가 제일 무서워하는, 두려워 하는 말 중의 하나이다.
나이를 생각지 않고, 성숙 여부를 생각지 않고,

내게 주신 하루를 살아가는 나에게 있어서 "시계" 란 존재는
내 마음을 설레이게 한다. 왜일까?

내 마음 한가운데, 날마다 꿈을 꾸고 있는 한 소녀는
오늘도 내일도 현실과 타협하지 않고,
소신껏 자신의 꿈을 펼치고 있다.

타인의 시선을 두려워하지 않고, 위풍당당하게 오늘 하루를 멋지게 살아가려는 이 소녀의 깊은 곳 한 가운데, 아롱지는 눈물의 샘이 있다.
이 눈물의 샘이 마르지 않을 날이 없다. 하지만
"시계" 라는 이 놈과 함께 자연치유도 되고 별을 노래하는 마음도 되고,
세상을 끌어안고 사람들의 마음을 어루 만지는 사랑의 농도가 커져서
아픔이 사랑으로, 아름다운 미래를 향한 향연으로 탈바꿈하기도 한다.

오늘 내가 힘을 얻는 미래가 되기 위해... 오늘도 부지런히 노력한다...
인생의 무게가 감당하기 어려울 때 난 생각한다.
인생의 시계는 우리가 생각하는 초침과 분침과 시침이
우리의 잣대로 생각할 수 없는, 그 무한대의 그 오묘한 진리 속에 감추어져 있는 것이라고...
그렇기 때문에 좌절하거나 인생의 무게 앞에 쉽게 무너져 버릴 이유가 없는 것이다.

"시계" 란 친구를 통해서 내 삶을 여유롭고 아름답게 가꾸어 가고, 그 안에서 삶의 잔잔한 행복을 느낀다면 그것으로 족한 것이다. 우리의 삶이란 그리 복잡하지가 않다.

오히려 단순함 가운데 오묘한 진리를 발견한다면, 그것이 내 인생의 전환점이 되는 것이고, 사람을 살려주는 무기가 되는 것이다.

나의 사랑하는 자여...!!!

일어나 세상을 향한 몸무림 속에 절규하는 그 울음으로, 더 큰 사자의 울음소리를 내고, 세상 앞으로 당당히 맞서 걸어가거라...
삶이 그대를 속일 지라도... 내일의 눈부신 찬란한 희망의 태양은 타오르게 되어 있으니...
인생의 시계에 연연해하지 말고...

내게 주어진 하루의 삶 속에서 행복하고 아름다운 것들을 볼 수 있는 눈을 키우고,
그 아름다운 눈으로 죽어가는 모든 것들을 사랑하며 끌어안을 수 있는 사람이 되어라...
왜냐면 인생의 오묘한 진리를 깨달은 자에겐 시계의 초침과 분침과 시침까지 그 모든 것들이 너를 중심으로 돌아가고, 너를 향해 손짓하고 있으므로...
세상은 온전히 너의 것이 될 것이며, 우주의 중심도 너가 될 테니까...

오늘이라는 하루를 살아가는 우리 모두에게 소중한 선물을 주신 그 분께 무한 감사 드리며... 화이팅 이란다...!!!

## 4. 먼 곳에서 …

먼 곳에서...
당신의 사랑 노래를 듣습니다.

내 귓가에 조용히 다가오는
사랑의 노래…
내 마음의 심금을 울리며...

난 축복받은 자
당신의 사랑 안에서
오늘도 숨쉴 수 있어서 감사 드립니다.

당신과의 사랑의 추억이 있기에
난 오늘도 그 추억으로
기쁨과 평안 속에서
잠들 수 있습니다.

당신이 제 삶 가운데
들어온 이후,
그 무엇 그 누구와도 비길 수 없는 당신의 사랑...

인간의 한계를 뛰어넘을 수 있는 비결...
당신의 그 사랑을 노래하는 자 되겠습니다

수많은 모래를 삼키고
진주의 결정체를 만들어 내는 것처럼,
당신의 그 사랑으로
죽어가는 모든 이들을 품는 자 되겠습니다.

당신의 절 향하신 그 사랑으로
승리하는 자 되겠습니다.

별 헤는 오늘 밤도
당신의 숨결을 느끼며...

당신의 그 숭고한 사랑 앞에서
난 난 한없이 작은 어린아이와 같이
때론 투정부리며, 때론 넘어져 아파할 지라도

당신의 저희를 향하신 그 사랑 앞에
오늘도 그 모든 것을 품을 수 있는 마음 주셔서 감사 드립니다.

## 5. 열린 창문으로

열린 창문으로 보이는 건 삶의 희열이다.
고통 뒤에 느낄 수 있는 찬란한 삶의 희열...

열린 창문으로 보이는 건 사랑이다.
내가 나일 수 있는...
나의 존재를 의식하게 되는...

열린 창문으로 보이는 건 타인의 아픔이다.
그들과 함께 나눌 수 없었던
마땅히 함께 나누어야 했던...

열린 창문으로 보이는 건 드넓은 바다하늘이다.
어린아이 마냥 뛰놀고 싶은 푸른 창공이다.

열린 창문으로 보이는 건 그대와 나 사이의 삶의 틈이다.
가까이 다가가고 싶지만 다가갈 수 없는 ...
그래서 더욱 애타게 그리게 되는...

열린 창문으로 보이는 건 새로운 희망이다.
어제의 과거가 아닌, 새로이 맞이하는 아침바다이다.

열린 창문으로 보이는 건 그대와 나 사이의 마주함이다.

그대와 함께 거닐고 싶은 아침바다...
사랑과 포용으로 함께 나누고픈
그래서 함께 열린 문으로 걸어 들어 가고픈...

그대와 나 사이의 열린 창문이다.
열린 창문으로 난 하늘을 마주하고
나의 소망 노래를 불러본다.

나의 꿈과 나의 사랑과 나의 삶의 희노애락을
함께 나눌 수 있는 그대가 있어
넘 감사한...

열린 창문으로 오늘도 그대와 마주 잡은 손 놓지 않으며
봄기운 가득한 아지랭이 나부끼는 꽃길을 걸어 간다.

운명의 신이 있다면
그대와 내가 함께 거니는 꽃길에 꽃비를 뿌려 주시겠지...
영원을 함께 동행할 수 있는 그 꽃길을 기대하며...

열린 창문으로 오늘도 난 밤하늘의 별을 따서
마음 속 한 켠에 사랑 노래를 부르며
그대와 마주 잡은 손 놓지 않기를 소망한다.

## 6. 당신은 텐트 안에 있다

불현듯 "공포의 외인구단"이 생각이 난다. 어떤 만화영화였던 것 같은데… 어렸을 때 참으로 재미있게 보았던 기억이 있다. 내가 처음 영화관에 갔었던 때는 그 당시 한창 인기였던 이티 영화 (외계인에서 온 괴물 같은 모습의… 하지만 인간의 감성을 지닌 너무나도 따스한 동물 캐릭터…) 어린아이들의 동심을 자극했던 한 명장면이 생각이 난다. 자전거를 타고 달나라를 여행하는 모습의…  난 어둠을 참으로 싫어한다. 싫어하다 못해 무서워 한다. 어릴 때부터 겁이 많았던 이유도 있으리라…

얼마 전에 강원도 태백에 위치하고 있는 예수원에 다녀왔다. 대천덕 신부님이 계셨던 곳이기도한데, 지금은 오히려 개신교와 더욱 친한 듯, 개신교 사람들의 발길이 잦다고 한다. 친구의 권유로 연초에 함께 가자는 제안을 받고서, 마음이 많이 설레였다. 하지만 예약인원이 다 차서, 우리가 예상했던 시기보다 조금 늦게 가게 되었다. 하지만 때마침 눈이 많이 내려서 너무나도 멋진 설경을 보게 되었다. 아무래도 하나님께서 우리에게 쉼의 좋은 시간과 회복의 기회를 주시기 위해 더욱 아름다운 자연까지 선사해 주신 것 같아 기쁨을 느끼지 않을 수 없었다.

돌아오는 길에 정동진에 들러서 눈 덮힌 아름다운 겨울 바다까지 보게 되었다… 하얀 눈으로 아름답게 덮혀 있는 눈 위를 나의 발자국들을 찍어 가며, 한참을 즐겁게 걸어 다녔다. 함께 갔던 나의 친구는 춤과 노래까지 부르며 넘 즐거워하기에 난 동영상까지 찍어 주었다. ㅎㅎㅎ

겨울바다 눈 위에 누워도 보았는데, 생각보다 그리 춥지도 않았다. 눈이 햇빛을 받아서 더욱 눈부시게 아름답게 빛나고 있었다.

나의 가둬 놓았던 자아가 숨쉬고 있음을 느끼는 순간이었다. 그 동안 누르고 눌러서 그 누름 조차도 버겁다고 여기지 못했던 나의 죽어가고 있던 자아가 반응하는 순간이었고 내가 껍질을 벗고 다시금 움트기 시작한 삶의 순간이었던 것 같다.

우리가 텐트 안에 있을 때는 그 텐트 안의 공간이 다 인줄 알고 있지만, 바깥공기를 마시고 나면 그 공기가 그리워 지고, 다시 그 텐트 안으로 들어가기가 싫어지는 것과도 같은 느낌인 것 같다. 나의 내면의 자아가 마주하고 있지 않다면, 우리는 우리의 자아가 죽어가고 있는 것조차 못느끼고 나를 방치해 두기 십상인 것 같다. 그래서 때로는 우리 자신에게 진정한 쉼을 허락하는 나와 대면하는 시간적 여유가 반드시 있어야 하는 것 같다. 내 안의 나의 모습을 직시할 때 난 다시 비상하며 도약할 수가 있는 것 같다. 소중한 친구의 충고와 조언도 좋았지만, 내가 내 자신과 대면하여 나를 직시할 수 있었던 … 내가 나아가야 할 방향을 모색하며, 동기 부여가 되어 줄 수 있었던 그 귀한 시간을 허락하심에 그저 감사드릴 뿐이다.

예수원 안에서의 생각지도 못한 만남과 교제 속에서도 계속해서 내적 치유와 회복의 동일한 마음을 주셨다. 우리는 다른 사람을 정죄하거나 비난하기에 앞서서, 내 자신과 마주하며 나의 내면을 깊이 볼 수 있는 마음의 눈을 길러야 한다. 내 마음을 살펴 보며, 내 안에 진정한 나의 모습이 어떠한지를 꿰뚫어 보지 못한다면, 그릇된 선입견에 갇혀서 허덕이며 내 자신을 더욱 힘들게 할 뿐이다. 내 안의 진정한 "돌파"란 내 자신을 직시할 때만이 참으로 가능하다는 생각이 든다.

## 7. 날개를 펴는 장소

나에겐 가르침에 대한 열정이 있다. 한때 중국어 선생님으로, 강사로 한국에서 맹활약을 했었던 시기에는 밥 먹는 시간도 아깝게 느껴졌었고, 또 아프다가도 학생들을 가르치고 오면 힘이 났었다.

사람들은 저마다 날개를 펴는 장소가 있는 것 같다. 나에게는 학생들과 함께하는 수업 시간인 것 같다. 내가 누군가에게 도움을 줄 수 있다는 보람도 있으면서, 그들이 성장해 가는 모습들을 볼 때면 참으로 보람이 많이 느껴졌던 것 같다. 중국어를 한 마디도 하지 못했던 학생들이 이젠 제법 중국어도 잘 구사하고 한문으로 글도 잘 쓰고 하는 그런 모습들을 보면서 내 안에 많은 기쁨과 보람이 느껴졌었던 것 같다.

나에게 있어 날개를 펴는 또 다른 장소는 화려한 스포트라이트 (조명)를 받으며 등장하는 여 주인공역을 맡아 열연을 했었던 때도 있었겠지만, 지금에는 사람들과의 만남과 교제 속에서 인 것 같다.

내게 굳이 말하지 않아도 그들의 눈빛을 보아도 읽어 낼 수 있었던 그들의 마음 깊은 곳의 열망… 그리고 소원들 ! 그 소원들을 이루고 싶어하는 마음들이 읽혀질 때면, 난 중보기도를 하곤 했었다. 그리고 축복의 덕담까지…

이젠 내 자신이 진정으로 날개를 펼 수 있는 또 다른 장소를 물색하고 있는 중이다.

나의 '나' 된 모습으로 자유롭게 날 수 있는, 그 어떤 공기의 저항도 느끼지 못하고, 타의에 의해서가 아닌, 자의에 의해서 맘껏 자유롭게 푸른 창공을 원 없이 날아보고 싶다.

비록 공기의 저항이 세어서 떨어지는 한이 있더라도…

나를 진정 '나' 이게 만들어 줄 수 있는 그 무의식의 세계에까지 도전을 해 보고 싶다…ㅎㅎㅎ

나의 진정한 가치를 발현할 수 있도록… 더 이상 어깨를 움츠리거나 날개 짓을 단지 해 보는 것에 그치는 것이 아닌, 나의 날개를 가지고 맘껏, 원 없이… 비상하고 싶어진다…………!!!^*^

운명이라는 거센 파도를 헤치며, 물살을 가르며 날아가는 한 마리 새처럼 그렇게… 그렇게…

'나' 만의 세계가 가질 수 있는 독창성을 가지고 푸른 창공을 날 듯, 시적 세계와 문장의 세계와 학구의 세계를 맘껏 누비며, 자유로이… 자유로이 항해의 노를 저어가는 뱃사공처럼, 때론 부드럽게 때론 거칠게 … 그 어느 누구의 간섭도 없는, 통제도 없는 푸른 바닷바람의 기운을 정기를 내 온 몸으로 느껴보고 싶다. 자유를 향한 갈망과 몸부림이라 하더라도 난 '나'일 수 있기에 더욱 아름답게 날 수 있을 것 같다.

## 8. 느티나무 아래 그늘

한 여름 뜨겁게 내리쬐던 태양의 눈부신 햇살을 받으며
한 그루의 나무가 서 있는 그 곳…

내 삶의 쉼터…

나무 그늘 아래서

난 오늘도
숨 쉬며 노래하며
기쁨을 감추지 못하고 있습니다.

나를 나 답게 만들어 주는
때론 내가 지쳐 힘들 때

찾아가 쉴 수 있는

나의 모든 아픔과 슬픔까지도
다 털어 내어 말할 수 있는

그 곳
그 나무 그늘 아래

난 오늘도 어김없이 찾아와
사랑 노래를 부르며 듣고 있습니다.

나를 힘들게 했던 그 어떤 상황과 환경도
지나고 나면 다 부질없는
한 때 지나가는 바람이었음을…

그래서 지금 이 순간
이 느티나무 그늘 아래서

땀을 닦으며 쉬고 있는
이 시간이 전 너무나도 행복하답니다.

그리고 생각합니다.

나 또한 다른 누군가에게
이런 쉼터가 되어 줄 수가 있다면 좋으련만…

그러한 사람들이 하나 둘 내 앞에 나타날 때

나 지금 이 순간 내가 누리고 있는 이 기쁨과 평안을
나누고 싶어 질 테니까요…

나의 사랑, 나의 꿈, 나의 노래…

오늘도 어김없이 찾아와 내 사랑 노래를 불러 가며
조용히 조용히 기쁨과 평안을 누리고 있습니다….^^

## 9. 미처 하지 못한 말

얼마 전 조카가 나의 방을 둘러보고선 한 마디 하는 것이다. 고모 방은 정리 정돈이 잘 안되어 있는 것 같다고...

돌아 보니, 중국에서 온 이후로 내 방에 아직 풀지 못한 짐들도 있고 또 그동안 쌓아 놓은 책들로 온 수납장이 가득 차 있는 느낌이 들기도 했다. 그래서 맘을 먹고 이번 연휴 기간에 방 정리를 하게 되었다.

가장 나의 마음을 자극했던 부분은 오래된 빛 바랜 사진들이었고, 중국어 교구와 교재들... 그 당시 열정적으로 온 맘과 힘을 다해 쏟아 부었던 그 정열이 마냥 느껴지는 책들이었고, 내가 정리해 놓은 수첩과 두꺼운 깨알 같이 적어 놓은 다이어리들, 수업 관련 매뉴얼 등이었다.

그래서 사진첩을 정리해야겠다는 생각이 들었다. 오늘도 못다한 사진들을 정리하다 우연찮게 발견하게 된 사진 속 풍경은 나의 대학 졸업식 때

찍은. 내가 대학시절 첨으로 교제를 해 보았던 오빠와 함께 찍은 졸업사진 이었다.

당시 엄마의 지인을 통하여 소개를 받았는데, S대 전자공학과 석사 졸업 후 박사과정으로 국비 장학금을 받아 미국으로 유학가려고 준비 중인 분이었다. 만약 그때 결혼으로까지 성사되었더라면 어떠했을까! 가끔씩 생각이 났었던... 그 사진 속 오빠...!!

만난 지 얼마 되지 않아서 계속 그 분의 대쉬를 받게 되었고, 난 오빠같은 느낌이 좋았던 것 같다. 하지만, 결혼을 생각할 때 부모님의 궁합의 중요성을 받아 들이지 않을 수 없게 되어, 난 그 느낌이 좋았던 오빠를 혼자 미국으로 보내 드려야 했다. 그 분은 나의 전화를 미국 가기 전날 까지도 기다렸다고 소개시켜 주신 분을 통하여 전해 듣게 되기도 했는데... 난 끝끝내 우리가 헤어져야 하는 이유, 그 오빠를 혼자 미국으로 보내 드려야 하는 이유를 설명해 드리지 못했다.

난 그 오빠를 통해 소개받은 교회를 오빠와 함께 간 이후로 열심히 다니게 되었는데... 신앙을 모르시는 부모님의 궁합의 중요성과 그 궁합이 넘 안 좋아 오빠와 헤어질 수 밖에 없다고 말할 수 없었던 나의 처지가 넘 싫게 느껴졌다기 보다는 당시 나의 마음에 그 말을 해서는 안 될 것 같았기에, 난 끝까지 내가 왜 오빠를 받아들일 수 없는지 말할 수가 없었던 것이다.

그 분이 나로 인하여 상처를 받지 않기를 바라는 마음 뿐이었다. 하지만 우리가 오래 사귄 것도 아니었고, 잠시 그 오빠 유학이 급하여 결혼 상대자를 구하지는 않았나 하는 생각도 들었기에 난 그다지 심각하게 생각하고 고민하지 못했던 것 같다. 그냥 좋은 오빠이지, 내가 사랑하는 사람이라는 확신도 없었기에...

하지만 그 오빠는 내게 열 장 가까이 되는 편지까지 보냈었던 것으로 기억한다. 난 대학교 4학년때 금메달 (직장도 잡고, 배우자감도 있었던...^^) 감이라 자부하며 기쁨도 느꼈었다. 친구들도 많이 나를 부러워했었고, 내가 만약 너라면 결혼해서 함께 미국에 갈 거라고 당시 내가 취직해서 다니게 되었던 외국계 회사 동문 선배 언니가 말해 주기도 했던 것이 생각이 난다.

오늘 그 빛 바랜 사진 속에서 오빠가 나의 졸업식을 축하해 주러 오셨던 친구와 함께 (같은 S 대학교 법대 졸업생 사법고시 패스하시고 검사 부임 앞두고 계셨던...^^) 찍은 사진도 있었다.

결혼이 내 인생의 중요한 과제로 남아 있는 지금. 명절을 앞두고 나름 스트레스도 가질 법 한데, 내게 허락하시는 좋은 배우자가 있을 것이라 믿고 기대하는 마음이 있기에 난 오늘도 씁쓸한 마음을 쓸어 내리며, 또 궁합이라는 좋지 않은 잣대로 사람을 힘들게 했던 그 순간을 잊으려 노력하며, 앞으로 더 나은 나의 인생을 개척해 나가고 싶어하는 마음과 함께 화이팅을 외쳐 본다.

오늘 밤 별이 더욱 바람에 나부끼는 것 같다. 나의 외롭고 조금이나마 아쉬운 마음을 위로 하듯이...^^

## 10. 여름 날의 정원

여름날의 매미소리가
내 귓가에 울려 온다.

한 여름 밤의 꿈을 거하게 꾸고 나서
창가에 앉아 밤 하늘을 별들을 올려다 봅니다.

문득 내 마음에 별 하나가 들어와
아픈 마음을 달래고 있습니다.

저기 저 먼 발치에서 느껴 보았던 별 하나가
내 마음에 들어 와
하나의 우주 이상의 의미를 전해 줍니다.

내 사랑, 내 아픈 과거까지도…
이 별이 내 마음 한 가운데서
정화의 작용까지 해 주나 봅니다.

우리 인간은 원래가 연약한 것 같지만,
나의 마음 가운데 파고 들어 온
별 하나의 사랑의 힘으로

이 세상 버틸 수 있는

힘이 생겨
나의 마음에
따스한 온기를 전해 주고 있네요

그 별 하나의
따스한 사랑의 온기로
내 마음은
벌써부터
설레임으로
가득하답니다.

한 여름 밤의
못 다한
꿈을 꾸고 나서
그 별 하나의
사랑으로

난 오늘도
당신에게
다가갈 새 힘을
얻습니다.

당신의 사랑의 별이
나의 우주와 맞닿는 순간
또 하나의 별이 되어

세상 가운데
더욱 빛날 수 있음을…

사랑합니다.
감사합니다.

그리고

보고 싶습니다.
만나고 싶습니다.

내 사랑, 나의 별 그대…^^

당신이 내 마음에
들어 오는 순간,
난 난
밤 하늘의 별이 되어
더욱 찬란하게
빛날 수 있음을…

당신과 나의 사랑의 마음으로
또 하나의 멋진 우주를
탄생시킬 수 있고

그 우주 안에는

또 하나의 소우주로
살아갈 수 있는
수 많은 별들이 있음을 믿습니다.

나의 사랑, 나의 별
그대가 오는
이 길목에 서서

난 오늘도
잠 못 이루는 밤을
되뇌이고 있습니다.

내 사랑 그대…
오직 하나뿐인…^^

당신의 사랑, 나의 사랑 노래를
오늘도 부르며…

조용히 속삭입니다.

나의 사랑! 나의 그대…!!

그대여…!!!

## 11. 문 틈으로

문 틈으로 비쳐 오는 아침 햇살은 그 어느 때보다도 찬란하다…!!

문 틈으로 비쳐 들어오는 햇살이 있기에 이젠 조금은 숨이 트이는 것 같다.

사실 요 몇 주 동안 나에겐 약간의 신경전 내지는 내 자신과의 싸움이 있었던 것 같다.

교회에서 생각지도 않게 예배안내를 서게 되어… 사람들 앞에 나서는 것을 별로 안 좋아하는 나, 특히나 얼굴 팔리는 것을 안 좋아하는 나의 성격 탓인지 대중들 앞에 나의 얼굴을 내미는 것이 조금은 어떤 때에는 많이 두렵기도 했다. 그래도 중국에서 있었던 몇 년의 시간 동안에 나의 나이가 그만 더 훌쩍 지나가 버려서 인지, 청년부에 있기도 힘들었다, 더 사실적으로 말하자면, 난 나이땜에 청년부에서 장년부로 짤린 것이다… ㅋ하하!!

저기압이었다. 그냥 서러웠다. 나이 들어 결혼 못하고 있는 내 자신이 슬펐지만, 교회에서도 그렇게 취급되는 것 같아 참으로 자존감이 낮아진 생각들만 하고 교회 푸념을 늘어놓고 있는데,,, 갑자기 잘 알지도 못했지만 그래도 신뢰할 수 있는 권사님으로부터 교회 예배안내를 해보지 않겠냐는 제의를 받았던 것이다. 마침 개학 때 까지는 시간도 있고 또 순종을 해야겠다는 강한 마음이 들어서 감사하게 승낙을 하게 되었다. 그런데 집회안내만 하려고 했던 것이 자연스럽게 예배안내로 까지 이어지게 되었다.

또 한가지 더 내 마음을 끌었던 것은, 중국에서 유학하다가 여름방학을 이용해서 한국에 들어왔던 때 소개를 받았었던 한 형제님이 있었는데… 그 형제님을 안내팀에서 다시 만나게 된 것이었다. 그 당시 호감이 있었던 분이었기에 나 또한 기쁘게 소개를 받고 싶었지만, 교통사고로 병원에 입원해 있다가 빨리 중국에 가지 않으면 졸업이고 뭐고 다 못할 것 같아서 과감하게 결단하고 퇴원을 하고선 비행기 티켓팅까지 해 놓았던 때, 소개받았던 그 형제님에게서 연락이 왔던 것이었다. 그때는 넘 미안하게도 내가 낼 모레 중국에 다시 들어가야 한다는 말을 할 수밖에 없었고 그래서 만남을 가질 수 없다고 말할 수 밖에 없었는데… 그 당시에 그 형제님도 많이 당황하고 또 기분이 많이 언짢으셨을 수도 있을 것 같다. 지금 생각해 보니 더더욱…

다시 한국에 언제 들어오게 될지, 내가 제때에 졸업을 할 수 있게 될지 알 수 없는 상황이었기에, "그럼 제가 기다려야 하나요?" 하는 질문에도 제대로 대답을 못했던 것 같다. 그냥 난 빨리 중국에 들어가야 하는 게 먼저였던 것 같고… 또 졸업을 해야, 학위를 받아야지만 내가 중국에 유학을 온 목적을 달성할 수 있다고 생각했던 것 같다. 또한 일도 다 내려놓고 논문에만 집중을 하고 있었기에 국비 장학금을 받는 기간 내에 끝내야 한다는 맘도 많이 있었기에…

그런데 작년 한국에 들어 온 이후, 12월에 메시지를 남겨 그 분과 통화를 했는데, 만남이 제대로 이루어 지지가 않았다. 난 미안한 맘을 전하면서 차라도 한잔 하고 싶었는데, 통화하다가 제대로 의사전달이 안되었던 것도 같다. 그 분은 교회에서 열심히 봉사를 하고 계셨는데 그 때, 그 즈음엔 봉사도 많이 내려 놓으시고 당분간 쉬겠다고 말씀 드린 상태라고도 했다. 그래서 난 그분의 상황을 고려해서 연락이 다시 올 때까지 기다려야겠다고 생각했다. 그랬는데 연락이 없었다. 그러다가 최근에 내가 안내팀에서 예배 안내 봉사를 하게 되면서 다시 마주치게 되었다. 난 그래도 그 분에 대한 호감은 있었기에 기쁘기도 하고 또 반가웠다. 근데 몇 주 동안 그 분의 태도는 나의 생각과는 달랐던 것 같다. 왜 일까? 난 고민에 빠졌다. 그리고 왠지 그 분을 만나는 것이 불편해졌다. 그리고 그 분에 대한 불편한 감정 때문에 안내 섬김도 하지 말까, 그냥 못하겠다고 내려 놓겠다고 말씀을 드릴까? 그렇게 되면, 나를 예배 안내팀으로 소개시켜 주신 권사님께도 이건 도리가 아닌 것 같고… 구정 연휴에도 그분에게 메시지를 보내 드렸는데 내 이름을 안 적고 보내서인지 답신도 오지 않았다. 이상했다. 그분이 자매님들 앞에서 수줍음을 많이 탄다고도 들었는데, 그래서인가? 나를 피하는 건 아니지만, 지난 설 연휴 전에도 내 얼굴을 제대로 못 보시고 나와 눈이 마주쳤을 때 찡그린 얼굴을 하셨던 것이 기억이 났다. 급기야 나 또한 내 나름 메시지를 보내 드렸는데 답도 없고 해서 마음이 더욱 안 좋았고, 마음에 상처를 입은 듯한 느낌도 들었다. 그래서 정말이지 내 안에 갈등이 많았다. 왜 내가 이 상황을 마주쳐야 하는지… 그냥 안내 안 서면 이런 상황도 피할 수 있을 텐데… 동생에게 또 아빠에게까지 나의 예민해진 마음에 불똥이 안 좋게 튕겨져 나간 것 같다. 그렇게 내 자신과 싸움을 하다가 그래도 순종해야겠다는 무의식이 있었는지 준비하고 교회로 향했다.

역시나 예배 안내 전에 미리 모임을 갖는데, 내 맞은편에 앉으셨던 그 분은 팀장님 말씀이 지루하게 느껴지셨는지… 계속 시계만 보고 계셨다. 난 집중해서 팀장님 말씀을 들었고 또 그렇게 시간이 지나갔다. 그러다가 어제 집으로 오던 길에, 예수원에 함께 갔었던 친구와 통화를 하게 되었다. 한참을 전화 통화를 하다가 마침내 그 형제 얘기를 하게 되었다.

난 정말이지 모르겠다고 그 분이 내 연구대상이 될 것 같다며 웃으면서 농담 반, 진담 반으로 얘기를 나누게 되었다. 그 친구는 믿음이 참 좋은 신실한 교회 공동체에서도 리더, 엘더 역할까지 해 왔던 친구였다. 정말이지 사모감이라 말할 정도로… 그런데 그 친구와 통화를 하다가 내가 정말 중요한 사실을 깨닫게 되었다. 난 내 입장에서 내 감정과 생각에 충실해서 말하고 생각하고 행동했었던… 그 상대방의 입장과 생각과 감정을 잘 고려하지 못했던 나의 어리석음까지 회개하는 마음이 들었다.

난 마땅히 그 형제분께 사과를 했어야 했다. 만남이 이루어지지 않으면 전화라도 해서… 그런데 난 그것도 생각지 못하고 내 혼자 생각으로 그 분과 다른 동상이몽을 하고 있었던 것이었다.

난 유학을 빨리 마치고 와서 만남을 갖게 된 것에 대한 뿌듯한 마음까지 가지고 있었는데… 그 분은 그 당시 큰 맘을 먹고 용기를 내서 내게 그렇게 전화까지 주시고 만남까지 생각하셨는데… 나름의 계획과 바램과 기대도 분명히 있으셨을텐데… 난 그런 그 분에게 매몰차게 중국에 가야 한다고 왜 빨리 들어갈 수 밖에 없는지 이유도 제대로 알려 드리지 못하고, 그저 내 상황에만 치우쳐서 성급하게 결단하고 말하고 했던 것 같다. 그리고 지금에서야 왜 그때 내게 보여 주신 그 호감을 지금은 안 보여 주시는지 그 분이 참으로 이상한 사람이라는 생각만 했던 것 같다. 한참을 그 친구와 통화하면서 내 마음에 미안한 마음이 너무나도 많이 생겼다. 그래서 잠도 잘 못자겠더라… 마음이 아파서… 그냥 눈물도 흐르고… 난 유학하면서 많이 힘들었다. 누군가 의지하고픈 상대가 그리웠고 그래서 혼자 외로움을 감당하며, 자신과의 고된 싸움을 했었다. 그런데 만약 내가 그 분에게 기다리라고 말하고 또 만남이라도 한 번 갖고 하면, 난 그 분에게 미안한 마음이 들 것 같았다. 나를 기다려 달라는 것이… 학위를 제때 받을 수 있을지… 또한 병원에서 입원해 있었기에 다른 사람보다 한 달이나 늦게 들어가야 했기에.. 병원에 입원해 누워 있으면서도 난 마음이 편치 않았다. 이러다가 졸업 못하고 나 혼자 뒤쳐지는 것 같아서… 그래서 다 완치가 안 된 상태로 중국에 갔었기에 한 동안 발도 아파서 땅에 닿지도 못한 채 그렇게 보낸 시간도 있었다….

## 12. 내 마음의 보석

행복을 캐내는 내 마음의 보석…^^

사람들이 흔히 말하는 보석이라는 개념은 물질로서 눈으로 보여지는 원석이나 다이아몬드, 귀금속 등을 말할 때가 많은 것 같다.

하지만 눈으로 볼 수 없는 것들 중에서도 우리가 보석이라 말할 수 있는 것들은 많이 있는 것 같다. 예를 들면 사랑이라든가 행복이라든가 아님 우정이라든가…

이러한 것들은 개념적인 것들로서 눈에 보이지는 않지만, 우리 삶 속에서 없어서는 안되는 중요한 것들인 것 같다.

내 마음의 보석을 캐고 싶습니다.

사랑과 인내
믿음과 신실
행복
웃음
슬픔의 원석

기쁨의 원천…

내 마음의 우물가에서 항상 기쁨의 샘이 솟아나기를 바랍니다.

내 마음이 항상 평안함 가운데 거할 수 있기를 바랍니다.

내 마음의 우물가에 항상 그대와 내가 앉아 도란도란 이야기 나눌 수 있기를 소망합니다.

내 마음의 보석을 캐내는 일은 기쁜 일이고, 가슴 벅찬 설레임이 있습니다.

또한 기대감이 있습니다.

내 마음의 보석을 잘 갈고 닦아서 많은 이들에게 유익을 나누어 주고 싶습니다.

내가 이 세상에 존재한다는 그 이유만으로도 내 삶은 아름답겠지만, 이제는 그 아름다움을 잘 갈고 닦아서 세상에게, 또 세상의 많은 이들에게 유익을 주고 싶습니다.

하나님의 사랑스런 딸로서, 항상 기쁨과 평안 속에서 사람들에게 하나님의 사랑을 전하는 자가 되고 또 축복의 통로가 될 수 있기를 진정 소망합니다.

그렇게 되기 위해서는 내가 먼저 내 자신이 먼저 행복해져야 겠습니다.

그래야 내 안의 행복이 기쁨이 흘러 넘쳐서 자연스럽게 주위에 흘러 갈 수 있는 것 같습니다. 내 마음을 들여다 보면서, 항상 예쁜 마음으로 가꾸어 나가는 노력을 게을리 해서는 안될 것 같습니다. 그래야 내 마음의 깨

끗한 샘물이 흘러 나와 주위를 정화시킬 수 있을 테니까요…^^*

내 마음의 보석도 아름답게 가꾸어 나가야 합니다. 내 마음의 보석이 지금은 갈고 닦아지는 과정 중에 있어서 때론 아프고, 때론 모난 부분들이 내 마음 속에서 서로 부딪칠 때 고통이 따르지만 그 갈고 닦는 과정을 통해서만이 아름답게 빛날 수 있음을 또한 알아야 겠습니다. 그리고 잘 갈고 닦아진 보석이 아름답게 빛날 수 있음을 또한 믿어야 합니다.

내 마음의 보석은 그 어느 누구의 것과 비견될 수 없는 성질의 것임을 또한 압니다. 왜냐면 세월의 흐름 속에서 누구에게나 겪게 되는 경험이라는 산물은 다르기 때문입니다.

내 마음의 보석을 아름답게 갈고 닦아 그대에게 또 내 자신에게 부끄럼 없는 삶이 되고 싶은 갈망함이 또한 있습니다.

어느 누구에게나 마음의 보석은 귀한 것입니다. 왜냐면 세상에 나란 존재는 유일무이한 단 하나밖에 없는 존재이니까요…

## 13. 침묵 속에서 일어나는 것들

내 마음의 정적, 그 고요함 속에 물결치는 마음의 요동…

내가 나를 주관하지 못하고, 내 감정을 컨트롤 하지 못할 때, 나는 나답지 못한 모습으로 타인에게 실수를 하기도 한다.

내 마음의 갈등을 어떻게 풀어야 할 지… 내가 내 모습이 아닌 타인의 모습으로 살아가기에 나를 잘 모르고, 내가 진정 원하는 것이 무엇인지 모를 때도 많이 있는 것 같다.

침묵은 내 자신과 대화하는 시간이며, 쉼이 허락되는 시간이다. 그 시간 속에서 나는 진정한 나의 모습과 대면하며, 앞을 향해 더 크게 넓게 뛰어 갈 수 있는 쉼을 얻는 시간이 되는 것 같다.

안식년이 필요한 이유도 여기 있는 것 같다. 진정 멈춤이 필요한 이유가…

내 안의 진실된 나와 만나는 과정은 참으로 필요한 것 같다.

내가 나의 모습으로 진정성을 가지고 살아가는 나의 모습이 때론 거짓으로 느껴지면서 나를 힘들게 할 때가 있다. 사회적인 나의 모습이 나를 속일 때가 있다. 마치 그렇게 살아야 하는 것처럼… 내가 자유롭지 못하고, 내가 속박과 속임 속에서 갈팡질팡하면서 나를 잃어가는 것처럼 안타까운 일도 없는 것 같다.

## 14. 어느 금요일 밤

13이란 숫자가 참으로 좋은 숫자라고 한다. 하지만 사람들은 13일의 금요일 밤을 그다지 좋게 생각하지 않는 것 같다. 나에게 13은 참으로 의미가 깊다. 나의 양력 생일날 이기에…

하지만 나의 음력생일이 친할머니 제사와 겹쳐서 항상 난 음력 생일날 엄마를 도와서 제삿상을 준비해야 했다. 그래서 양력 생일인 13일을 쇠야만 했다. 물론 주민등록상의 생일(3월 3일)이 다르기에 결국 그것까지 치면, 억울한 마음이 조금은 해소가 되는 듯…^^

지금은 감사한다. 나에게 나의 생일이 비록 친할머니 제사와 겹치지만, 내 안에 있는 많은 보물들을 생각하면 …

## 15. 당신은 마당에 있다

내 마음의 정원

당신은 어느 날, 내 마음의 정원에 찾아와 제게 속삭이고 있습니다.

"당신의 아릿따운 모습에 반했다고…

그래서 나와 함께 춤을 출 수 있겠냐고…?"

난 수줍은 모습을 하고 있지만

이내 새침떼기가 되어 버린다.

내 마음을 한참 설레이게 하는 나의 왕자님을 기다리고 있는 나이기에

당신이란 존재는 어떤 의미로 다가오는지…??

내가 당신이란 사람의 사랑을 받아 주어도 되는지…

당신은 내게 한없이 마음의 문을 두드리며 열어 달라고 말하고 있지만,

내 마음은 오직 단 한 사람의 나만의 진실한 사랑을 받아들일 마음의 좁은 문 밖에 없다고…

아껴둔 나의 사랑의 님이 오시는 그 날이 되면, 나의 좁은 문을 열어 내 님을 맞이할 마음의 준비밖에 되어 있지 않다고…

미안하다고…!! 또 거절할 수밖에 없는 나의 귀여운 사랑스런 마음을 이해해 달라고…?!?

그 사람은 귀여운 사랑스런 마음을 받을 수 있는 자격이 있는 자 누구냐고…?? 다그쳐 묻는다.

내 진실한 마음은 어디에다 호소를 해야 하냐고…?? 목 놓아 울고 또 울고…

남녀간의 사랑의 진실은 어디까지일까?!?

# Ⅲ. 아버지, 그 따스한 사랑의 품 안에서

## 1. 2012. 5. 9

아무것도 염려하지 말고 다만 모든 일에 기도와 간구로 너희 구할 것을 감사함으로 하나님께 아뢰라. 그리하면 모든 지각에 뛰어난 하나님의 평강이 그리스도 예수 안에서 너희 마음과 생각을 지키시리라. (빌립보서 4:6-7)

Prayer

Do not be anxious about anything, but in everying, by prayer and petition, with thanksgiving, present your requests to God. And the peace of God, which transcends all understanding, will guard your hearts and your minds in Christ Jesus.

(Philippians 4:6-7)

사랑의 주님,

가난하고 상한 심령을 주님께, 주님의 발 앞에 올려 드립니다.

아버지는 저의 아버지 되시기에 저의 모든 것을 가장 잘 알고 계시며, 저의 연약한 부분 또한 잘 알고 계심을 믿습니다.

주님, 먼저는 주님 앞에 저의 상한 심령을 올려 드리오니, 어루만져 주시고 위로해 주시고 사랑으로 함께 하여 주소서… 또한 이러한 과정들이 결국은 주님에게 더욱 나아가기 위한 하나의 과정임을 믿습니다.

주님, 저에게 분별력을 주시고 주님이 주시는 참 평안을 맛보아 알 수 있게 하여 주소서… 그 동안 제 안에 주님이 주시는 참 평안이 없었음을 고백합니다.

주님 제 안에 주님이 주시는 생명수가 가득 넘쳐 나기를 기도하며 기대합니다. 주님, 또한 저의 앞 길을 주님이 먼저 예비하시고 닦고 계심을 믿습니다. 제가 더욱 바른 판단력과 분별력을 가지고 준비된 자로 나아가기 원하오니, 주님 제 마음을 지킬 수 있도록 도와 주시고 주님의 그 크신 사랑으로 저의 모든 허물들을 덮어 주소서…………. 주님, 제가 있는 그 자리에서 최선을 다하며 후회 없이 하루하루 열심히 본분을 다하며 잘 지낼 수 있도록 도와 주소서…

이 모든 말씀 지금도 살아서 제 곁에 역사하고 계시는 우리 주 예수 그리스도의 이름으로 간절히 기도 드립니다.

## 2. 이해의 벽을 넘어서서..사랑의 벽을 향한 도전까지...

교회 청년부 수련회에 참석해서 은혜를 많이 받고 돌아왔다.

그 어느 때 보다 PSP 강의에서도 은혜를 많이 받았고 또 둘째 날 저녁 집회에서 C 목사님의 "하나님 나라" 와 관련한 설교 말씀에서는 진정한 '쉼'의 의미를 깨닫게 되었다.

요즘 기숙사 문제로 마음이 많이 상했기 때문에 회복되고 싶었고 또 마음의 모든 찌끼들을 제거하고 다시금 일어서고 싶은 간절한 바램이 있었다. 다른 지체들보다 좀 더 일찍 도착한 나는 테이블 셋팅을 도와주고 기도실에 가서 잠깐 기도를 했었는데 그다지 기도가 잘되지 않아서 찬양을 부르다 온 것 같다.

삼삼오오 모여서 저녁 식사를 하며 교제를 나누었는데, 우리 테이블에 같이 앉은 자매 중 한 명은 자신의 연애 경험담을 얘기해 주면서 조건을 보는 부분에 있어서 많이 내려놓으면 만남과 교제의 축복이 있을 거라고 많이 내려놓으라고 .. 계속 강조해서 말하기도 하였다. 그 무엇보다 한 지체를 교회에 인도해서 지금은 교회 생활을 잘 할 수 있도록 양육까지 하고 있다는 그 자매의 말이 의미심장하게 다가오기도 하였다. 그 자매의 연애 스토리는 C 목사님의 배우자와 결혼에 관한 강의에서 많은 도움을 얻었다는 말과 함께...(그 당시 못들은 것이 못내 아쉬웠다는...^^)

첫째 날 저녁 집회 때는 우리나라 제 1호 바리스타 였던 ... 분의 강의 와 함께 C 목사님의 "하나님 나라" 에 관한 설교를 들었다. 그 전에 Y 담임목사님께 들었었고 또 최근의 기숙사와 관련된 일련의 사건들로 인해 마음이 많이 상해 있었기 때문에 처음에는 그다지 감동이 오지는 않았다. (솔직히 최근 경험하게 된 문제로 인하여 중국과 중국인이 싫어졌고 또 내가 공부하고 있는 부분에 있어서도 의욕이 많이 떨어지고 심지어 왜 나는 중국인지... 영어권의 영국이나 미국이나 기타.. 등의 다른 나라를 품으면 안 되는 것인지... 왜 난 고등학교 때부터 제 2외국어로 중국어를 하는 것과 함께 인연이 시작되어 전공에 대학원 공부까지... 지금의 공부를 하면서도 중국과 중국인을 깊이 이해하고 싶었지만 이제는 그러한 마음이 후회와 함께 돌같이 굳어져 버린 그런 내 마음이 한편으로는 싫게 느껴지기도 하였다.)

다행히도 갑자기 연락이 온 집사님과 전화 통화를 하면서 답답한 나의 심경을 조금이라도 토로를 하고 나니깐 튕겨져나가고 있었던 목사님의 설교 강의가 그래도 들어오는 것 같았다.

설교 강의가 끝나고 나서 우리 조원들과 나누면서 마음을 다독거려 보아야지 생각하기도 했었는데 우리 조는 해산을 하고 내일 다시 모인다는 조장의 말에 실망이 되기도 했다.

배정받은 숙소에 돌아온 나는 다른 조에서 같이 나눔을 갖자는 말에 다른 조에 편승되어 나눔을 가져 보려고 했는데 맘이 그다지 좋거나 편치가 않았던 것 같다. 아직 청년부에 온 지 얼마 되지 않아 어색한 것도 없지 않아 있었고 또 기타 등등 의 이유로 샤워한다는 핑계로 나의 방으로 돌아왔다.

우리 방에서 새벽까지 어설프게 이어졌던 수다가 있었기에 늦게 잠이 들었지만 그래도 시간에 늦지 않게 일어날 수 있었다. 현재 PSP 강의를 신청해서 듣고 있기에 기대하는 맘과 함께 강의를 듣기 시작하였는데... "동일시" 란 부분과 예수님이 우리에게 아기의 모습으로 오셨다는 그 부분에서 마음에 깨어짐의 감동이 있었다. 성육신의 예수님께서 우리에게 오셨을 때 아기의 모습으로 즉 우리에게 낮은 자의 모습으로 오셔서 우리를 섬기셨다는 그 부분에서 나 또한 중국인들에게 그러한 모습으로 다가가야 되지 않을 까 하는 생각과 함께 "동일시" 란 부분의 강의에서는 중국인과 함께 같은 밥을 먹고 같이 생활하면서 그들과 그들의 문화를 이해해야 하는데 그렇게 하지 못하고 나름의 '문화 우월주의'에 젖어서 지내고 있었던 나의 교만함에 대해 깨닫게 해 주셔서 회개하는 마음이 생겼다. PSP 조별 나눔 가운데서 발제를 맡아서 그런지 내가 말을 많이 하게 되었는데... 나의 최근의 경험이 같은 조원들에게도 나름 공감을 불러 일으켰던 것 같다.

중국 땅에서 외국인으로서 살아가고 있으면서 동병상련의 아픔을 함께 하며 그럼에도 우리가 선교사적인 삶을 어떻게 하면 살아갈 수 있는지 심도 깊은 논의도 하게 되었다. 함께 할 수 있는 '우리' 라는 공동체가 있어서 넘 감사한 시간이 되었던 것 같다. 이후 清真寺(청진사) 견학에서 우리가 전도당하여^^ 오기도 했지만, 그래도 그들을 마음에 품고 올 수 있는 귀한 시간이 되었던 것 같다.

마지막으로 저녁 집회 때 목사님의 설교 강의를 통하여 내가 참으로 많은 것들을 가지고 있으면서도 내 안에 감사함이 없었고 또 그렇기 때문에 교만한 마음이 나에게 진정한 쉼을 가져다 주지 못하게 했다는 자각과 함께 깊은 회개가 있었다. 무릎 꿇고 앉아 주님께 나의 아픈 마음과 상한 마음 뿐 아니라 교만했던 모습까지 솔직하게 인정하면서 진정 중국 땅에서 겸손한 예수님의 마음과 자세로 살아가리라고 다짐을 하게 되었으며, 옆에 같이 앉았던 지체들과 서로 안아주며 기도해 주는 가운데 더욱 주님의, 아버지의 우리 한 지체 한 지체들을 향한 깊은 사랑의 마음을 느낄 수 있어 더욱 감사한 시간이 되었던 것 같다.

우리 목사님과 사모님과 자녀들을 위해서도 계속 중보할 수 있는 마음을 주셨고 또 그 무엇보다 우리를 향하신 주님의 명령이 아닌 위임령에 부응하는 우리의 모습들이 될 수 있도록 서로 중보하며 함께 나아갈 수 있도록 우리가 더욱 주님의 마음과 사랑을 품고 사랑을 흘러 보낼 수 있는 사랑의 메신저가 될 수 있기를 소망한다...

목사님의 말씀처럼 내가 이 시대의 진정한 크리스천으로 거듭나서, 내 안에 생수의 강이 흘러 넘쳐서 내 주위 사람들에게 생명수를 공급해 주며, 주님의 사랑으로 믿지 않는 자들에게까지 다가갈 수 있게 되길... 그들에게도 주님의 사랑으로 다가가서 단단하게 굳어져 버린 마음들을 녹이며 함께 손잡고 주님을 향한 여호와의 산에 올라 갈 수 있는 은혜를 더하여 주시기를... 나부터 우리 공동체 안에 소외되거나 힘들어 하는 지체들에게 먼저 다가가 손 내밀어 줄 수 있는 그러한 주님의 사랑과 은혜를 덧입게 되기를 기도 드린다...!!

수련회 기간 동안에 함께 하여 주신 주님께 이 모든 감사와 영광과 존귀를 올려 드립니다...

아멘!!!

## 3. 어버이날… 주님께 올려 드리는 사랑의 고백

주님, 오늘이 어버이 날인데.. 제 마음이 많이 아프고 속상했어요..

새벽에 일어나 기도한답시고 중국어 큐티 성경 펼쳐보고 좋은 구절에 감명받아서 은혜 누리고 다른 이들에게도 나누고 싶어서 핸드폰을 펼쳤습니다. 보내는 이름들이 넘 많아서 그 동안 못다한 안부도 전할 겸 많은 이들에게 성경 메시지를 보내드리며 축복해 드리고 싶었습니다. 맘껏 그들을 축복해 드리고 싶어 계속 보내다 보니 답신의 메시지도 많이 들어와서 제가 오히려 더 행복했던 것 같습니다. 오늘이 어버이 날이기에 영적인 아버지, 어머니들께 좋은 메시지로 덕담을 주고받을 수 있어서 넘 감사했습니다. 어떤 분은 끝까지 저의 이름을 물어와서 전화통화를 하기도 했습니다.

하지만 저녁이 되어서 산책을 하며 드는 생각은, 내 안에 주님의 것으로 가득 채우지 못하고 주님이 내 안에 중심이 되시고 주님의 것으로 나를 가득 채우려는 것이 아닌, 그러고 보니 사람들과 주고받는 마음으로 내 마음을 꽉 채우고 그것에 기뻐했던 제 자신을 돌아보게 하셨습니다. 그러고 보니 난 결국 하나님 아버지가 계시지만 그 분께 감사하다는 마음의 표현은 커녕, 여전히 사람들로부터 받는 인정, 사람들과 주고받는 마음들로 잠시나마 내 마음을 가득 채우고 기뻐했던 제 마음이 순간 아버지께 넘 부끄럽고 죄송한 마음으로 바뀌었습니다. 제가 과연 얼마나 주님을 찾고 내 안에 주님의 것으로 채우려고 했는지.. 여전히 세상의 생각들과 세상의 기준들로 내 자신을 가득 채우려고 하지는 않았는지… 또한 사람들로부터 오는 인정과 사랑을 추구하며 살고 있지는 않았는지… 이 곳이 외국이라고 나름 안위하면서 다른 것으로 채우려고 하지는 않았는지… 돌아보며 아버지께 다시 돌아와 사랑의 고백을 할 수 있어서 감사했습니다…

좋으신 우리 하나님 아버지가 지금 제 곁에서 저와 함께 하여 주셔서 감사드립니다…!!! 항상 주님이 제 곁에 저와 함께 하고 계심을 잊지 않기를 기도드립니다. 저의 허물과 저의 부족함을 아시지만 결코 책망하지 않으시고 오히려 주님 앞에 무릎을 꿇기만 하면 저의 허물도 덮어 주시는 주님… 부끄럽고 죄송하지만 주님의 그 한량없으신 사랑에 다시 한번 고개 숙여 감사의 마음을 전해 드립니다…^^;;;

하나님 아버지, 넘 죄송해요… 그 동안 결혼 문제로 주님을 보지 못하고 다른 사람과의 관계에만 신경을 썼던 것을 진정 회개합니다…. 사람들의 시선과 인정, 사람들의 정으로 제 허전한 마음을 채우려고 했고, 그 속에서 채워지지 않는 부분들을 남의 탓으로만 돌리고 난 아무 잘못도 없는 양 지냈던 시간들을 회개합니다… 가족 구원의 문제로 주님 앞에 엎드려 기도하기에도 부족한데… 저의 결혼이 제 삶의 우상이 되었던 것을 진정 회개하기 원합니다 …

주님, 도와 주소서 … 제 안에 주님 외에 그 어떤 것으로도 가득 채워지지 않도록…

정말이지 주님이 함께하시지 않는다면 단 한 순간도 살아갈 수 없음을 믿음으로 고백하기 원합니다.

저희 가족들에게 주님의 사랑을 전할 수 있기를 원합니다 … 진정 저희 가족에게도 주님을 함께 찾으며, 함께 주님을 예배할 수 있는 날이 하루 속히 오기를 소망합니다 …

주님, 제 안에 주님의 것으로 더더 가득 채워주소서 … 그리하여 제 안에 더러운 것들 것 아닌, 주님의 좋은 것들만 자리하고 주님이 제게 가득 채워 주신 주님의 속성들만 드러나기 원합니다…

주님 도와 주소서 …

주님 저와 매 순간순간 함께 하여 주시고 제 안에 더러운 것들은 제거하여 주시고 정결하고 깨끗한 그릇이 될 수 있기를 … 그리하여 주님의 것으로만 가득 담을 수 있기를… 제 삶 가운데 더 가득 가득 주님의 것들을 부어 주소서 ….

오 주님 …!!! ㅠㅠㅠ

제가 주님의 깨끗한 통로가 될 수 있기를 진정 소망합니다 …!!!

주님………………

이 모든 말씀 지금도 살아서 제 삶 가운데 역사하시는 우리 주 예수 그리스도의 이름으로 간절히 기도드립니다 …!!!

## 4. 주님 은혜의 날개 아래서 숨쉬다…!!!

특새(특별 새벽 기도회)에서 받은 은혜를 나누고 싶어 이렇게 적어 봅니다.

먼저 은혜 가운데 잘 마치게 하여 주셔서 감사를 올려 드립니다.

지난 학기에 특새를 풀참석하면서 용기와 자신감을 얻었기에 이번 특새기간에는 여유롭게 잘 참석하면서 다른 이들과도 함께 손잡고 참석해서 은혜를 받고 나눌 수 있게 하여 주셔서 더욱 감사를 드립니다.

먼저, 제 자신의 초점이 주님이 아닌 내 자신의 명예와 유익을 구하고 있었음을 회개할 수 있는 은혜를 주셨습니다. 이번 학기 논문 준비로 많이 바쁘고 지친 마음을 학교에서 가는 여행으로 휴식하고자 하였는데 학교에서 가려고 했던 여행 계획이 여러 가지 이유로 취소되면서 청년부에서 가는 난닝 여행으로 마음을 바꾸어 주셔서 감사합니다. 이 곳 중국 상해에 와서 다시 학업을 할 수 있는 기회를 주시기 전에 제게 큰 사건을 통하여 학업보다 영혼 사랑과 구원이 먼저임을 확실히 영으로 깨닫게 하여 주셔서 제 삶의 우선순위가 바뀌었는데 역시나 제 자신 바쁜 삶 속에서 또 그 우선순위를 저도 모르게 주객이 전도되는 순위로 살고 있었음을 깊이 회개하게 하여 주셨습니다. 특히나 여권 분실 사건과 다시 찾음으로 인하여 그 과정 가운데 치유와 회개의 경험 또한 하게 해 주셔서 더욱 감사를 드립니다.

둘째로, "삼겹줄은 끊어지지 않는다" 라는 말씀처럼 혼자가 아닌 셋이 함께 서로 이끌어 주고 격려해 주는 가운데 전일 풀 참석을 가능하게 해 주셨고 그 중 한 친구는 학습세례까지 받을 수 있는 은혜를 더하여 주심을 감사드립니다. 마지막 날 함께 그동안 받은 은혜들을 풍성히 나누면서 하나님의 역사하심을 감사하지 않을 수 없었습니다. 각자의 필요와 상황에 맞게 개입하여 주시고 경험케 하여 주시고 역사하시는 주님의 놀라운 섭리와 계획에 감사하지 않을 수 없었습니다. 영적인 멘토와 공동체의 중요성, 나눔의 중요성, 또 은혜 가운데 산다는 것이 어떤 것인지 날마다 경험하게 되었던 것 같습니다. 신체적으로 피곤치도 않았고 그래서 더 성령님의 일하심을 느낄 수 있었던 것 같습니다.

셋째로, 주님은 우리를 결코 아프게 하지 않으시고 단지 우리의 초점이 그 분 자신에게로 가기를 원하시는 것 같습니다. 여권 분실로 인하여 마음이 상하고 걱정이 많이 되었지만 결국 난닝에 가기로 결심하게 되고 다시 한번 더 물으셨을 때 순종하겠다고 고백케 하신 후에 다시 찾게 되는 귀한 경험을 통하여 역시나 주님은 사랑하는 자녀가 아프거나 힘들기를 원하시는 게 아니고 우리의 반응과 우리의 초점이 바르게 될 수 있기를 원하심을 알 수 있었습니다.

넷째로, 주님은 외모가 아닌 우리 마음의 중심을 보심을 깊이 깨닫게 해 주셨습니다.

특새 때 함께 한 식구가 있었기에 청년 중보모임을 뒤늦게 참석하게 되었고 그로 인하여 엉뚱한 행동과 함께 말실수까지 하게 되었는데... 그로 인하여 사람의 외모가 아닌 마음의 중심을 볼 줄 아는 눈과 마음을 달라는 깊은 기도가 나오게 되었고 또한 해프닝 사건^^으로 인하여 말과 행동이 일치하는 크리스천의 본이 되는 삶이 되어야 한다는 깊은 깨달음과 함께 내자신을 더욱 점검할 수 있는 좋은 계기가 되었던 것 같아 더욱 감사를 올려 드립니다.

논문 답변 참관을 해야 했기에 평소 존경하는 목사님 설교로 항상 드리던 주일 예배를 대신하게 하시면서 하나님은 사랑의 하나님만이 아닌 공의와 진리, 정의의 하나님이심을 알게 해 주셨고, 나 또한 나의 이기적이고 비겁한 마음으로 진리를, 정의를 올바로 말하지 않는 실수를 범하지 않도록 사랑만이 아닌 공의와 진리와 정의의 하나님을 경험하면서 앞으로 말씀을 통하여 더욱 주님의 사랑과 은혜를 경험하면서 좌로나 우로 치우치지 않게 간구하는 기도를 하게 되었습니다.

주님의 마음과 주님의 사랑이 더욱 부어져서 또 말씀으로 바로 서서 균형잡힌 이 시대의 진정한 크리스천으로 말과 행동이 일치하는 그러한 우리의 모습들이 각자의 모습들이 될 수 있기를 두손 모아 기도드리며, 난닝여행을 나름 힘들게 결정한 만큼 이번 여행을 통하여 우리에게 일하실 주님을 더욱 기대하게 되며 함께 기도로 준비하며 나아가기를 소망합니다.

오늘도 살아 계셔서 우리 안에 역사하시고 개입하시고 일하시는 주님을 찬양하며 주님의 크신 사랑과 은혜에 더욱 녹아 생명수가 흘러넘치는 우리의 모습들이 될 수 있기를 간절히 기도드립니다.

*** 하나 더, 특새 마치고 함께 한 지체들과 야외 나들이^^(상해 수청과 푸동 와이탄)를 가게 되었는데 하루종일 나의 계획과 다른 주님의 더 좋으신 크신 계획 가운데 순종하는 법을 배우게 하셨고 주님의 십자가 사랑을 깊이 묵상할 수 있는 나눔을 주셔서 더욱 감사를 드립니다. ***

이 모든 말씀과 간증... 지금도 우리 안에 살아 계셔서 우리의 삶을 베스트로 인도하여 가시는 주님의 이름으로 간절히 기도드리며, 모든 감사와 찬양과 존귀와 영광을 올려 드립니다.

아멘.

## 5. 주님(청년부를_향한_메세지)

어제는 태양의 햇살이 넘 따사롭게 느껴지는 날 이었습니다.

학교 운동장에 나가 산책 겸 운동을 하는데 태양의 햇살이 비춰면서 주님의 따사로운 사랑이 느껴져서 참으로 감사한 하루의 아침이었던 것 같아요...^^

주님,

저의 모든 상황과 처지, 저의 모든 마음을 다 아시는 주님

제가 주님의 사랑과 은혜를 더욱 의지하기 원합니다.

주님 저의 육신의 아버지는 한계가 있으시지만

주님의 능력과 사랑에는 제한이 없으십니다.

주님만이 저를 일으켜 세워 주실 수 있으십니다.

저의 육신의 아버지를 생각하며 힘을 내듯이, 제가 주님 생각하며 이 땅에 살면서 당하는 그 어려움도 인내하며 사랑으로 극복해 나갈 수 있게 되길 소망합니다.

주님,

오늘 아침에도 새롭게 하루를 시작하기 원합니다.

어제의 따사로운 햇살처럼 오늘 하루도 기쁨과 평안으로 또 주님이 저희에게 주시는 그 소망함으로 하루를 맞이할 수 있게 되길 진정 소망합니다.

주님,

새로운 팀과 조 편성이 기대됩니다. 새롭게 만나게 될 지체들을 축복하여 주시고 만남과 교제의 축복을 저희 안에 더하여 주시옵소서...!! 청년부 안에 새로운 성령의 바람이 불고 있음을 느낍니다. 저희 한 사람 한 사람 개인적인 부흥들이 일어나 전체로 퍼져 나가길 소망합니다. 개인적으로 더욱 주님 사랑하며 그 사랑을 흘러보내는 저희들의 모습이 될 수 있기를 소원합니다.

새로운 일을 행하시며 새로운 청년부의 역사를 써 내려가고 계신 우리 주 예수 그리스도의 이름으로 간절히 구하며 기도드립니다.

p.s) 어제의 따사로운 햇살처럼 우리의 마음속에도 주님의 그 사랑이 번져 흘러가길 소원합니다. 그 사랑의 햇살이 나로부터 내 이웃, 더 나아가 세계를 향한 사랑의 메시지로 번져 나가길 진정 소원하며 소망합니다...^^

## 6. 주님(2012 여름 수련회-한국)

"주님, 사랑합니다…
제가 주님께 드릴 수 있는 최고의 언어… 사랑합니다… 그것 뿐이에요..."

중국에 간지 벌써 2년이 다 되어간다… 이번 수련회 참석을 위해서 한국에 왔다고 하면 너무 큰 역설인가? ㅋ 암튼 이번 수련회 기간 동안에 기대하는 바가 그 누구보다도 컸던 것은 작년 수련회 불참이 나로 하여금 더 큰 소망을 갖게 한 것 같다.

역시나 주님은 너무나도 선하시고 좋으신 분이심을 이번 수련회 기간을 통하여 다시금 깨닫게 되었고 그 무엇보다도 제 안에 기쁨과 새로운 소망이 일어나고 있음을… 가슴 깊은 곳에서 올라오는 그 무엇과도 비교할 수 없는 그러한 움직임들이 느껴져서 더욱 감사를 드리며 그 모든 영광과 기쁨을 주님께 올려 드리기 원합니다…

처음에 생각할 때는 1300명이나 되는 많은 인원이 어떻게 다 질서 있게 움직일 수 있을까 약간의 염려도 없지 않아 있었는데, 많은 스텝진들의 수고와 헌신과 노력과 봉사로 그 모든 일들이 순적하게 이루어 졌음으로 인하여 더욱 감사를 드립니다. 보이지 않는 곳에서 기도로 헌신해 주신 분들께도 감사의 말씀을 전하여 드립니다.

제 얘기를 좀 하자면, 전 약 2년 전에 하나님의 인도하심과 특별한 호의로 인하여 중국 국가 정부 장학금이라는 좋은 조건으로 중국에 박사과정으로 공부하러 유학 길에 오르게 되었습니다. 그 당시에 하나님의 특별하신 인도하심과 간증으로 인하여 제 마음은 성령충만이라고 느낄 정도로 꿈과 희망에 부풀어 유학 길에 오르게 되었는데, 지금 이 시점에서는 아니 수련회 참석 전까지만 해도 넘 힘들고 지친 마음과 상한 마음에 솔직히 어느 누구와도 말하고 싶지 않을 정도로 마음이 약해져 있었습니다.

나름 중국 상해 땅에서 처음에는 주님의 마음을 품고 주님의 신부로서 또 강한 준비된 용사로서 잘 할 수 있을 거라는 자신감이 어느새 사라져 버리고 그 곳에서 나의 실체를 느끼면서 내가 아직도 멀었다는 생각도 들었고 또 나의 연약함과 부족함이 자꾸 드러나고 이 곳 한국에서 고쳐지지 못했던 나의 내면 깊숙한 곳의 연약함이 자꾸만 올라와서 나를 더욱 지치고 힘들게 했었던 것 같습니다.

특히 제가 간 상해 라는 곳은 지역적 특성상, 상업주의와 물질우상주의가 팽배해져 현지 중국인들조차도 '돈'이라면 무엇이든 다 되고 또 사업을 하시는 분들도 같은 한국인들을 자기 사업에 이용하는 듯한 느낌을 많이 받게 되었습니다.

전 처음에 대학부에서 학생들을 돕고 케어 하는 역할을 하기도 했었는데 자신의 것만 챙기고 이기적이고 실리적인 모습에 적잖이 실망도 하게 되었고 또 목사님들의 모습에 실족하기도 했습니다. K 교회처럼 순수하게 주님만을 갈망하고 주님께 초점을 맞추려는 그러한 모습을 사모하고 찾아보았지만 그러한 교회를 만날 수 없어 소개도 받아 아는 사모님 교회에 가서 나름 적응을 해 보려고 노력도 해 보았지만 다른 곳으로 이동하게 되셔서 길게 그 만남을 이어갈 수도 없었습니다.

좋은 교회 찾는 것을 포기하고 지금은 제 자신이 교회에 꼭 필요한 보석과 같은 일꾼이 되리라고 다짐하고 중보기도 팀에 합류해서 기도하고 있습니다.

제가 처음에 중국 가는 유학 길에 오를 수 있었던 마지막 기도 "중국과 중국 영혼들을 위하여 기도하는 중보자가 되겠다"는 기도 제목에 신실하게 응답하여 주신 주님의 사랑과 특별한 호의를 잊을 수가 없어서 현지에 계시는 선교사님들을 위해 중보 하는 모임이 맞다고 나름 생각하여 그렇게 한 것이기도 합니다.

제가 중국에 있으면서 그래도 제 자신을 버틸 수 있게 하여 주신 가장 좋은 것이 선교여행이었던 것 같습니다. 그 곳에서 소수 민족들이 예배하는 모습을 보고 느끼면서 주님은 이 땅에 소외된 자들도 어느 한 사람 예외 없이 동일하게 사랑하시고 동일한 사랑을 부어 주신다는 아버지의 마음과 사랑을 품고 알 수 있게 하여 주셨고 또 난닝 선교여행을 통하여 우리가 심은 한 알의 씨앗이 열매를 맺어가는 모습들을 지켜보면서 주님의 섭리와 사랑을 느끼고 감사하지 않을 수 없었습니다.

제 개인적으로는 논문 주제 발표를 마치고 더욱 박차를 가하여 빨리 끝내고 싶은 욕심에 좀 무리를 해서인지 몸이 상하여 마음까지 상하는 일을 수련회 집회 오기 전에 경험하면서 사실 포기하고 싶은 마음도 있었지만, 지금은 다행히도 회복시켜 주셔서 다시금 심기일전하여 일어설 수 있는 마음 주심에 감사드립니다.

예전처럼 눈물도 잘 나오지 않았고 또 무슨 영문인지는 잘 모르겠지만 혹 얼굴이 두꺼워졌나 하는 생각도 들었지만, 그러함에도 다시 회복되고 싶은 강한 갈망이 있었기에 그냥 B 목사님의 낮 집회부터는 주님 앞에 넙죽 엎드리고 싶은 마음이 들었었습니다. 그래서 다른 사람 의식 안하고 의자 옆 통로에 그냥 주저 앉아 주님 앞에 저의 상하고 힘들고 지친 심령을 올려 드리게 되었던 것 같습니다. 그리고 K 목사님의 저녁 집회에서 그야말로 강대상 뒤에 엎드려 그냥 주님 앞에서 목놓아 울었습니다.

제가 주님께 왠지 속은 것 같고, 로망의 유학길이 이렇게 힘든 과정이라는 생각에 주님이 나를 이렇게 하신 것이 사랑 안에 있다는 것은 알았지만, 그냥 서럽고 슬픈 마음에 목 놓아 울었던 것 같습니다. 중보기도자분도 저를 꽉 안아 주시고 보듬어 주셨는데 주님의 따사로운 사랑의 마음이 제 마음에 녹아져 내렸던 것 같습니다. 더 잘하고 싶었고 더 주님의 마음으로 사람들을 품을 수 없었던 회개하는 마음과 함께…. 그 다음날 주님이 주신 그래도 주님의 사랑에 속한 자 라는 기쁨의 산 소망이 일어남에 감사하지 않을 수 없었고 차차 회복되어지는 것을 느낄 수 있었습니다.

주님 앞에 이렇게 맘 놓고 엎드러져 함께 울 수 있는 공동체가 너무나도 그리웠고 외지에서 그 아무도 나에게 관심을 주지 않는 낯선 땅에서 주님을 예배하는 나의 마음을 주님이 그래도 애틋하게 바라보시고 필요시에 사람들을 통하여 적절한 공급까지 하여 주심에 감사하지 않을 수 없었고, 제가 주님의 마음으로 행한 작은 행실조차도 주님은 다 아시고 기억하고 계신다는 그 사실이 제게 기쁨으로 다가왔습니다.

마지막 날 J 목사님께서 해 주신 설교 말씀 중에 "네가 나를 사랑하느냐" 베드로에게 자꾸만 물어보셨던 주님… 제가 한 학기 마치고 넘 힘들어서 다시 중국 땅을 밟고 싶지 않았지만, 그 당시 그래도 '제가 주님을 사랑합니다. 제가 주님을 사랑하기에 그 중국 땅을 다시 밟겠다'고 고백했던 그 때를 떠 올리게 하셨고 그래서 제게 또 이런 질문을 해 오시는 것 같아서 자꾸만 눈물이 흘러내렸습니다.

지금은 제가 가는 길이 어떠한 길이고 어느 여정 가운데 있는지 잘 알 수도 없지만 이제는 그냥 이후의 나의 진로가 어떠하건 내가 논문을 잘 쓰고 못 쓰고 이러한 것이 중요한 것이 아니라, 주님은 우리 마음의 중심을 보기 원하신다는 강한 믿음이 제 안에 들어왔습니다. 내가 그곳에서 나름 버티고 노력하는 모습, 그 안에서 내 기대만큼 더 잘하지 못하고 더 잘할 수 없었던 그러한 것에 실망하고 힘들어 하는 그러한 것, 즉 내가 이루어 놓은 것에 상관없이 주님은 나를 사랑하시고 또 내게도 주님께 대한 사랑의 고백을 받기 원하신다는 그 사실이 그저 감사하고 고맙게 느껴졌습니다.

"네가 나를 사랑하느냐";"네가 나를 사랑하느냐" 이러한 질문이 내게 강하게 다가왔던 또 하나의 이유는 다시는 그 땅을 밟고 싶지 않을 만큼 지쳐 있던 제게 강한 도전으로 다가왔고, 그 어떤 동기보다도 주님을 사랑하는 동기 그 하나면 충분하다는 사실이 마음에 위안이 되면서 제게 새로운 소망의 마음을 불러 일으켜 주셨던 것 같습니다.

"주님, 제가 주님을 사랑합니다. 그래서 제가 다시 중국 땅을 밟겠습니다." 가 아닌 이제는 "주님을 사랑합니다. 그래서 주님이 주시는 힘으로 다시 그 땅을 축복하며 그 땅에서 주님이 주시는 사랑의 힘으로 버티고 승리의 깃발을 꽂고 돌아오겠습니다." 로 바뀌게 하여 주신 주님께 모든 감사와 사랑의 마음을 올려 드립니다.

"주님 사랑합니다. 주님 홀로 영광 받으소서….!!!" ^^

더불어 제가 중국에 있는 동안에 느낀 것은, 한국에 있을 때 K 교회에서 받은 훈련이 참으로 귀하다라는 생각과 함께 주님과의 친밀한 교제가 이곳이 아닌 다른 땅에서 그래도 이어질 수 있도록 하려면 더 많이 준비되고 계속해서 주님과의 친밀한 관계 속에서 승리할 수 있는 기쁨을 누리는 훈련이 되어 있지 않으면 즉 이 곳에서의 훈련이 다른 땅으로까지 이어지게 하려면 지속적인 갈망과 노력이 필요함을 느끼게 되었습니다. 우리 K 교회 형제, 자매님들 있는 그 자리에서 승리하시길 기도하며 저를 위해서도 많은 중보 부탁드립니다…. 감사합니다….!!!

## 7. 하나님의 은혜

1) 공부는 인생의 목적이 아니라, 영혼 구원과 사랑을 위한 도구가 될 뿐이다.

하나님이 내 인생에 베풀어 주신 가장 큰 은혜 중 첫째는 중국 유학을 준비하기 전 40일 저녁 금식 작정기도에서 얻게 된 귀한 깨달음인 "공부는 인생의 목적이 아니라, 영혼 구원과 사랑을 위한 도구가 될 뿐"이라는 것이다.

2) 향유옥합

두 번째는 내 인생에서 향유 옥합을 남편에게 깨뜨리려고 생각했었는데, 결혼이 늦어지면서 20대에 한창 결혼하고 싶을 때 하나님께 올려드린 기도가 바로 예수님께 향유 옥합을 깨뜨리겠다고 다짐하며 올려 드렸던 서원과도 같은 기도였다. 그 후로는 결혼에 대해서 그다지 많이 고민하지는 않았던 것 같다. 최근 결혼을 앞두고는 하나님 그래도 결혼은 시켜 주셔야지요...하면서 하나님께 기도를 올려 드렸던 것 같다.

3) 예수님, "사랑합니다…!!!"

세 번째는 중국 국가정부 전액 장학생이 되어 가장 좋은 조건으로 유학을 가게 되었지만, 치과 치료차 6개월 후에 한국에 왔을 때 중국 유학생활이 너무 힘들게 느껴져서 부모님의 결혼해서 가라고 하셨던 것이 정말 옳으신 말씀이었다고 크게 깨달으며, 교회 강대상에 철야예배때 머리를 쥐어뜯으며 왜 이렇게 힘든 공부를 해야하는지 모르겠다면서 하나님께 울부짖었던 순간들이 있었다. 그다음날 조현영의 『나는 하나님의 가능성이고 싶다』의 저자가 와서 청년부 기도회를 하게 되었는데, 나는 다시금 하나님 앞에 고백하지 않을 수 없었다.

"예수님, 사랑합니다…!!! 그래서 제가 다시 상해 땅을 밟겠습니다..."

이러한 일이 계기가 되어 나는 다시 상해로 갈 수 있었던 것이다.

4) 중국 북경에서 만난 하나님

네 번째로는 "중국 북경에서 만난 하나님"이다. 석사 때 교수님들과 실크로드 답사 후, 논문 자료 구하려고 북경에 1개월 정도 머물려고 계획했다가 당시 더 있고 싶어져서 부모님의 승낙을 기다리고 있었는데, 뜻하지 않게 부모님의 반대에 부딪치게 되었다. 그 당시 룸메이트에게 사정을 이야기하고 교회에서 하나님의 응답을 받을 때까지 기도하고 오겠다고 했다.

북경의 매일같이 새벽기도 나갔던 교회이기도 한데, 그날따라 처음 뵌 전도사님이 내게 함께 기도해 주시겠다고 했다. 나는 절박한 마음으로 기도하고 있는데, 하나님께서 내게 공부를 왜 하고 싶냐고 물어오셨다. 그 당시 나는 서울대에 진학하지 못한 한을 풀어보겠다고 북경대 박사과정을 알아보고 있었던 것이다. 나는 절박한 기도 끝에 울면서 "하나님께 귀하게 쓰임 받는 자 되게 해 주세요, 그래서 공부도 더 할 수 있게 해 주세요!!"라고 고백하게 되었다.

## 8. 자유를 향한 몸부림

"저에게도 자유를 주세요... 단순히 먹고 사는 것이 문제가 아닌, 진정한 자유가 그립습니다...!!!"

'주님, 제가 물건을 빼앗긴 그 다음날 계속해서 눈물을 흐르게 하신 이유를 알 것 같아요... 그것이 바로 지금 제가 있는 이 곳 중국 땅을 향한, 중국 사람들을 향한 주님의 피 눈물 이었음을 이제는 조금씩 알 것 같아요...!! 주님의 마음을 느끼게 해 주시고 체험케 해 주셔서 감사, 감사드립니다...!!'

기숙사 문제를 이번 주에 해결하고 나니, 마음이 많이 편해 진 것 같다.

이번에 내가 겪은 경험은 나의 유학생활에 있어서 아주 소중한 체험이 되는 것 같다.

중국에 대한 이해가 많이 넓고 깊어 졌고, 또 나 자신에게 있어서도 그 동안 놓치고 있었던 많은 부분들에 대해 다시금 생각하게 되고 깨닫게 되는 소중한 시간이 되었음에 감사드린다...!!!

나는 중국 상해에 와서 생활하면서 그동안 중국이 아직 공산체제에서 벗어나지 않았다는 사실을 생각하고 있지 못했다. 그래서 얼마 전 나의 방에 돌아왔을 때 전기밥통과 커피포트까지 말 한마디도 없이 가져가 버려 넘 당황스럽고 난감했던... 복무원(服務員)의 말에 의하면 상부의 명령이라고 ... 이러한 일이 우리 한국 사회에서는 있을 수가 없는 일인데.. 아니 그 어느 나라에서도 남의 물건에 말 안하고 손대는 것은 예의가 아니며 또 기분이 나쁜 일인데.. 하물며.. 이렇게 말도 한 마디 없이 가져 가다니...나중에 이들이 하는 말에 의하면 마 라오쓰에게 통보했는데 그 사람이 말을 안 해 준 것 같다고.. 어찌보면 책임회피 비슷한 그러한 말들을 하면서.. 알고 보니 어느 동학도 그 마 라오쓰를 모른다는.. 그 정체불명의 마 라오쓰가 도대체 우리 학교에 있기나 한 것인지 한번 학교 전체를 다 뒤져서라도 알아보고 싶다.. (같은 미얀마 박사반 동학은 그냥 체념하면서 현실에 순응하며 그러한 곳에 시간 낭비하지 않고 논문 쓰는데 주력하고 싶다고도 말했지만...)

그 일 전에는 기숙사비를 내는 부분에 있어서도, 말을 바꾸어 하는 듯이 번복하는 그들의 말에 너무 화가 났었고 새벽기도를 2주 동안 나갔다고 어느 날 너무나도 관계가 좋다고 생각했던 어떤 복무원(정말이지 내가 이모라고까지 생각했던)에게 갑자기 방을 옮기라는 말까지 듣고서 넘 속상하다 못해 울컥 하면서 나도 모르게 눈물이 흘러내렸다.

그런 일을 경험하고서는 당시 북한 지하교회에서 숨어서 신앙생활을 하고 있는 북한 동포들이 생각이 나서 마음 아프게 운 적도 있고, 방학 동안에 잠깐 한국에 귀국해 있을 때 우리가 북한을 위해서 중보기도를 많이 해야 한다고 만나는 사람마다 강조하고 다녔던 기억이 있다.

다 말할 수는 없지만, 법칙과 원리가 없는 듯한 (교통질서가 없지만 이들은 나름의 교통법규가 있다고도 말하고 있다...) 또 하나 더 말하자면, 처음에 이 곳 상해에 왔을 때 세관에 부친 짐 중에 통과 안 된 것이 있어서 갔는데.. 딴즈(单子)를 주면서 통보 한 것에 의하면, 하루하루 지나면서 보관료를 내야 한다고도 말했는데.. 보관료 한 푼도 내지 않았고 빨리 달라고 그리고 내 물건에 문제가 없다고 강하게 말하니깐,, 다시 상자 안의 물건을 검사해 보고는 문제될 것이 없음을 알고서 곧바로 건네 주기도 했다

그 딴즈(单子)안에 적혀 있는 보관료는 도대체 무엇을 말하는 건지.. 그리고 딴즈(单子)안에 적혀 있는 그 요금대로 왜 부과를 하지 않았는지는 지

금도 잘 이해가 안 간다...

핸드폰 사건도 있었는데, 처음 구입할 때 내 이름이 아닌 다른 사람 이름이 적힌 영수증을 주어서 나중에 문제 생기면 어떻게 하냐고 새로 다시 맞게 써달라고 하니깐 괜찮다고 만약에 문제가 생기면 나에게 오라고.. 계속 안 해 주고 버티고 있으니깐 옆에 같이 간 친구가 여기는 중국이라고 .. 그냥 이해하고 넘어가야 한다고 하기에 그냥 온 적도 있다.

당시 우리와 다른 문화충격을 체험하고서는 지금도 나는 중국문화 관련 과제를 학생들에게 내면서 시험 때에도 "한중문화충격"에 관한 체험사건을 적도록 하기도 한다. 나와 같은 경험에 너무 놀라거나 당황하지 않도록...^^

나의 학창 시절에는 그 전교 1등을 또 반에서 1등을 놓치지 않으려고 모든 학생들이 나의 경쟁 상대가 되어야 했고 그래서 변변히 친구도 잘 사귀지 못했던 것 같다. 그러한 경쟁 속에서 난 항상 누가 내 뒤를 따라오고 나보다 더 잘 하면 못 견딜 것 같은 불안감 속에서 살아야 했다. (물론 예수님 만나고 이러한 것들이 많이 치유되긴 했지만.. 그래도 어쩔 때는 그러한 생각이 들어 힘들 때도 있다.) 그래서 난 지금도 물건을 고를 때는 항상 첫 번째 것이 아닌 두 번째 놓여진 것을 고른다는..

오늘은 얘기가 많이 길어졌지만, 이러한 현실 속에서 내가 말할 수 있는 것은 우리 학생들이 좀 더 자유롭고 편하게 자신이 하고 싶은 것들을 하고 누리면서 가능한 스트레스를 받지 않고 공부할 수 있는 환경을 만들어 주고 싶다는 것이다.

나 한사람이 바른 교사가 되어 이 시대에 정말이지 본이 되는 그러한 선생님이 되어서 아이들에게 좋은 선배이자 언니이자 인생 상담자, 또 참된 세상의 진리들을 아낌없이 나누어 줄 수 있는 그러한 본받고 싶은 선생님이 되고 싶다.

지금은 나의 박사반 전공 지도 교수님의 수업하시는 모습과 학생들을 대하시는 태도를 보면서 많이 배우고 있다. 吴 교수님 정말 존경스럽다...!! 원리 원칙을 중시하면서도 항상 학생 편에서 생각하고 배려해 주시는... (내가 지금 있는 상해 사범대학 교수님들의 자질과 성품들 정말이지 모두 본받고 싶다...!!!) 나도 나중에 실력이 있으면서 학생들에게도 이렇게 배려해 줄 수 있는, 존경할 수 있는 그러한 선생님이 되고 싶다.

> 주님, 이 시대에 진정한 교육자로 거듭날 수 있도록 저의 생각과 잘못된 태도들을 바꾸어 주시옵고 그 무엇보다 주님 안에서 진정한 자유를 누리며 만끽하며 내 자신이 먼저 본을 보이고 그러한 삶을 살아감으로써 자연스럽게 주위 사람들도 동화가 되어가는 그런 저의 모습이 될 수 있기를 진정 소망합니다.......!!!
> 아멘!!

중국에 살면서 중국을 온전히 다 이해할 수는 없겠지만, 그래도 우리가 배워야 할 점은 배우고 또 잘못 된 부분에 대해서는 분별할 수 있는 지혜를 구해야 될 것 같다. 그냥 그대로 묻어가는 것은 진보가 없는, 어찌 보면 묵인하는 것이 될 수도 있다. 물론 너무 예민하게 반응하는 것도 좋은 것은 아니지만, 그래도 적당히 타협하고 넘어가기에는 이해가 안 가는 부분이 많은 것 같다. 돈이라면 무조건 다 된다는 물질 지상주의, 물질 만능주의가 우리 교회에도 퍼져 가고 있는 것은 아닌지... 우리 유학생에게 어쩔 때는 넘 무리가 되는 돈이다 싶은 것들도 있다.

주님, 이러한 부분을 어떻게 지혜롭게 조율해 나가야 하는 건지 저에게 분별력과 지혜를 주시옵고 또 제가 나서야 할 때와 침묵해야 할 때를 가르쳐 주세요...

주님, 이 땅에 살면서 그들을 위해 중보하고 또 함께 좋은 모습으로 협력하여 나아가기를 원합니다...

주님, 제 안에 이해의 영역을 넓혀야 한다면 말씀하여 주시옵고, 또 지경을 넓혀서 이 땅을 위해 또 이들을 위해 두 손을 모을 수 있기를 원합니다...

제 안에 상처 받은 아픈 마음이 있다면 온전히 치유의 손길을 허락해 주시옵고, 앞으로는 더욱 담대하게 생활하며 제 자신에게도 더욱 온유한 사람이 될 수 있기를 ... 또 주님의 사랑을 저에게 더욱 부어 주셔서 저 뿐 아니라, 주위 많은 이들을 포용하며 기도하며 함께 협력하며 나아 갈 수 있도록 하여 주소서....!!!

## 9. 땅끝에서 느낀 주님의 사랑

한국에 있을 때 중국 선교 팀에서 오랜 동안 활동을 했지만 나는 항상 보내는 선교사의 역할만 했었다. 이번에 우연찮게 혼자 여행 가려고 했던 지역이 쿤밍 이었기에 이 기회에 묻어가고자 하는 맘으로 가기로 결정을 했었다. 하지만 가기 전에 나름 힘든 일을 겪은 사건 때문에 계속 회개하면서 속이 안 좋아 음식물도 잘 섭취하지 못하고 있었는데.. 내 맘 속 한가운데 "아버지의 마음" 을 느끼고 싶은 갈망이 깊게 자리하고 있었던 것 같다.

우리가 도착한 쿤밍은 지금 도시 개발이 한창 되고 있어서 인지 곳곳에 먼지와 공사로 인해 공기가 그다지 좋지 않았다. 도착한 다음날 우리가 예배를 드린 곳은 백족 소수 민족들이 사는 민가였는데, 예배를 하면서 그들의 순수한 눈망울을 보면서 눈물이 솟구쳐 올라왔다. 어떤 할머님은 나의 손을 잡으시면서 "나는 눈이 안 보여.. 날 위해서 기도해줘.."라는 말씀을 계속 하셨다. 어린 여자아이와 특히 나의 맘 속에 지금도 잊혀지지 않는 한 지체가 있었는데.. 얼굴에 아무런 표정이 없었다... (여행 동안 가게 되었던 한 음식점에서도 얼굴에 아무런 표정이 없던 그 지체가 생각이 나서 밥을 먹다가 목이 메어 왔던 것 같다.)

우리가 부른 찬양곡과 간증과 목사님의 설교 통역 등 정말 은혜와 감동의 시간들을 보낼 수 있어 감사했다. 특히 목사님의 설교 말씀은 내가 중국 상해에 와서 우연찮게 사게 된 사진 두 장 (한 장은 만리장성 사진이고 나머지 다른 한 장은 예수님이 설교를 하고 계시는데 그 뒤의 빛이 밝게 비쳐오는 모습) 이었다. 나의 방에 놀러 왔던 중국 친구가 인터넷에서 동일한 사진을 찾아 주었는데 그 사진의 말씀이 "주 여호와의 신이 내게 임하셨으니 이는 여호와께서 내게 기름을 부으사 가난한 자에게는 소식을 전하게 하려 하심이라. 나를 보내서 마음이 상한 자를 고치며 포로된 자에게는 자유를, 갇힌 자에게는 놓임을 전파하여 여호와의 은혜의 해와 우리 하나님의 신원의 날을 전파하여 모든 슬픈 자를 위로하되"(사 61:1-2)였다. 동일한 말씀으로 목사님의 설교 통역이 진행될 때 난 놀라지 않을 수 없었다.

조별 모임과 나눔을 통하여 좋은 & 은혜로운 시간들을 보냈으며, 가장 인상에 남는 것은 호도협(虎逃峽) 트레킹 이었다. 말에서 내리면서 오른쪽 다리를 다치는 바람에 예전에 중보기도 다녀오다가 오른쪽 다리를 다친 기억을 상기하게 되었으며, 이로 인하여 나의 약함을 인정하면서 하나님의 자비와 긍휼의 마음을 느끼게 되었다. 특히 이튿날 트레킹 할 때는 작은 노란 꽃이 넘 아름답게 느껴지기도 했는데.. 산비탈에 홀로 묵묵하게 피어나 있는 아무도 알아주지 않은 그 꽃이 바로 나의 모습이 되기를... 찬양곡 아무도 예배하지 않는.. 이라고 시작되는 그 찬양곡 가사에도 있듯이.. 그런 중보자의 자세로 항상 내가 있는 그 곳에서 주님을 예배하는 자가 되겠다고 다짐하기도 하였다.

목사님의 편찮으심으로 인하여 목자의 입장에서 양들을 생각해 보는 시간도 가져 보았고 또한 그로 인하여 내 안 깊숙한 곳에 나도 모르게 자리하고 있었던 내적 치유도 일어난 것 같아 더 감사하게 되었다.

대학부 지체들과 함께 여행하면서 "공동체"의 중요성을 생각하게 되었고, 서로가 서로를 배려하는 마음이 얼마나 중요한지 배울 수 있는 귀한 시간이 되었다. 또한 더 나은 사랑의 공동체를 이루기 위한 도전도 받게 되었다.

이번 여행을 통하여 하나님 아버지는 한 사람도 빼놓지 않고(소수 민족에게도) 긍휼과 자비와 사랑을 베푸시기 원하신다는, 말로 형언할 수 없는 하나님 아버지의 그 크신 사랑과 은혜를 느끼게 되었고 개인적인 내적 치유와 회복을 경험하며 내가 하나님의 자녀로서 얼마나 존귀한 자인지를 다시금 깨닫게 되었다. 또한 개인적인 비젼과 꿈, 주님의 선하신 계획과 인도하심과 함께 "하나 된 우리" 라는 공동체에 대한 사랑의 마음과 도전을 주셔서 매우 감사드린다.

리장에서 만난 B 선생님과의 만남과 교제는 나의 선교에 대한 뜨거운 열정에 불을 붙여 주신 것 같다. 나중에 기회가 되면 꼭 다시 오고 싶다는 생각이 들기도 했고 또 방학 때라도 가서 일하심을 돕고 싶다는 생각도 들었다.

주님의 우리 각 사람을 향한 아버지의 그 뜨거운 사랑과 한 사람도 빠짐없이 사랑하시는 그 분의 긍휼하신 사랑과 은혜에 깊은 감사를 올려 드리게 되었으며 아름다운 자연 경관을 통하여 하나님의 주권을 더욱 인정하게 되었다. 하나님께서 만드신 대 자연 경관 앞에서 인간이 얼마나 작은 존재인지... 중국 소수 민족과 소외되어 있는 지체들을 돕는 일들을 해보고 싶다는 생각 또한 하게 되었다.

이번 여행을 통하여 개인적인 기도 제목이 모두 응답되었으며, 그와 더불어 공동체에 대한 나눔을 통하여 더 나은 공동체를 만들어 가며 주님의 사랑으로 한 지체 한 지체를 더욱 사랑할 수 있는 마음을 부어 주셔서 또한 많이 감사했다...

옥룡설산(玉龙雪山)에 가지 못했던 아쉬움 보다는 "하나된 우리"를 통하여 주님 나라의 확장에 대한 개인적인 도전과 주님을 더욱 사랑하며 알아가면서 그 사랑으로 우리 공동체의 한 지체 한 지체를 아버지의 마음으로 사랑하며 또한 중국 땅 (축복을 많이 받은 땅인데도 그들이 그것을 알지 못하고 있음에 안타까운 마음과 함께 ) 과 영혼들을 위하여 더욱 기도하는 중보자의 마음으로 그들을 품고 기도해야 겠다는 다짐을 하게 되었으며, 함께 여행한 모든 지체들 마음 속에 주님을 향한 사랑과 아버지의 중국 소수 민족을 향하신 그 마음을 느끼고 공유하면서 앞으로도 계속 함께 할 수 있기를 기도 드린다.

여행 가운데 함께 하여 주신 주님께 모든 감사와 찬양을 올려 드립니다...!!!

## 10. 배려는 상대방 입장에서 생각하는 것

배려가 인간관계에서 매우 중요하다!!
배려는 나의 감정과 의지를 내려놓고 상대방을 이해하는 것이다.
배려는 나의 자아를 죽이고 나를 십자가에 못 박는 훈련이다!!
배려가 없이 이해가 없고, 이해가 없이 배려가 없다!!
배려 또한 상대방을 사랑하는 방법이다.
배려는 다른 사람을 받아주는 훈련이다.
타인의 말에 경청하며 진심으로 공감해주는 것이다.

주님, 마음이 힘들어요.. 내 안에 내 의가 내 자아가 너무나 살아 있어서 힘들어요...
다른 사람을 돕는 다는 것이 결국은 저의 감정과 의지가 넘 많이 들어가 버렸기에.. 그래서 힘들어요... 속상해요... 내가 상대방에게 힘이 되어 주고 상대에게 격려와 용기를 주는 것이 아니라, 상대에게 부담을 주었다는 것이... 그럼에도 불구하고 또 다시 반복하는 그것에 대해 하나님... 저의 이런 마음을 용서해 주세요.. 아니 상대의 마음이 받아들일 수 있는 마음이 될 때까지 기다려 줄 수 있는 인내를 주소서... 주님, 저희 반 아이들을 사랑하기 원해요.. 진정으로 사랑하며 그들을 사랑으로 보듬어 줄 수 있도록 주님 함께 하소서... 그들에게 주님의 사랑을 흘러 보낼 수 있는 통로가 되길 원해요... 주님, 주님 저에게 상대의 마음을 알 수 있는 지혜를 주소서... 먼저 상대의 말에 경청할 수 있는 인내와 지혜를 주소서...

중보하기 원합니다...!!

S 국장님, S 선생님, H 영사님, 또 다른 우리의 식구가 될 사람... 주님 우리의 식구가 될 분을 축복합니다... 주님, 주님의 뜻과 합당한 우리의 모습들 되길 원합니다... 주님, 우리의 모든 것 되시며 우리의 모든 필요를 아시는 주님, 주님이 원하는 곳에 주님이 원하시는 모습으로 서 있기를 원합니다...!!!

## 11. 벌은 꽃의 향기에 취한다...!!!

빨래를 널다가 우연찮게 벌이 몰려 와서 곤혹을 치를 뻔 하였다.
왜일까? 생각해 보니 세제의 향이 벌들이 오도록 만든 것 같다...
무서운 마음이 들어서 쫓아 내었는데 어떤 벌은 날아가 버렸지만,
한 개의 벌이 기다리고 있는 듯, 다른 쪽에 앉아 있었다.
어떻게 하는 지 보고 싶어서 빨래를 다 널고 나서 지켜 보았다.
내가 빨래를 다 널기를 기다렸다가 그 벌은 내가 널어 놓은 빨래 중에서
그동안 발을 닦는 데 사용했던 수건에 앉는 것이었다.
순간 드는 생각이 역시나 벌은 꽃의 향기에 취해서 날라 오는가 보다...
근데 그 벌은 참으로 지혜로운 것 같다.
다른 벌과는 달리, 때를 기다렸다가 꽃 위에 앉는 것이다.
그 꽃들 중에서도 섬김의 아름다움을 가장 잘 실천하고 있던 (?) 그러한 향기에 취했다가,
내가 잠잘 때 입는 옷으로 옮겨 앉는 것(?)이다.
참으로 의미심장하게 느껴졌다. 그러면서 나에게도 오는 메시지는...

나 또한 아름다운 향기를 발하는 사람이 되고 싶다.

그리하여 내가  굳이 노력하려 안 해도 나에게 다가오는 그런 사람들이 많았으면 좋겠다.

그리고 나에게 다가오는 사람들이 어떠한 류의 사람들이건 간에, 내가 그들을 품어주고 보듬어 주고 그들의 아픈 상처까지도 치유해 줄 수 있는 그런 넓고 깊은 그릇의 사람이 되고 싶다.

그래서 지금의 이 경험도 내게는 소중한 것이다. 다시는 이 문제로 더 이상 아파하거나 속상해 하지 말자.... 마음이 아프면 아픈 대로, 속상하면 속상한 대로, 내 마음의 상태를 존중하며 나도 내 자신에게 인내심을 발휘해서 기다려 줄 수 있어야 될 것 같다. 상한 마음이 치유되고 회복되어지도록 기도하며, 회복되는 시간이 설사 생각 보다 길어진다고 해도 기도하며 기다려 주자... 이렇게 하는 것이 나를 살리고 다른 사람도 살리는 길임을 잊지 말자!!!

더 나아가 하나님의 날 향하신 원대한 부르심 가운데로 들어가는데 조금도 부족함이 없도록 훈련이 되어지고 연단되어지는 과정이라 생각하며 인내함으로 감사함으로 나아가고 싶다...

> 주님, 제가 아직 준비가 안 된 거죠? 그래서 더디게 주시는 거죠?
> 주님, 마음이 아프고 힘들고 낙심이 될 때도 많이 있지만, 끝까지 인내할 수 있는 힘을 제게 주시옵소서...!!! 주님의 아름다운 사람으로 거듭나기 위한 과정임을 기억하며 온전히 순종하며 나아갈 수 있도록 도와주소서...!!!

주님이 인도자 되어 주시고 가장 합당하게 가장 좋은 모습으로 서로에게 다가갈 수 있도록 주님 그 분이 저의 짝이라면 모든 만남과 교제 가운데 함께 하여 주시옵소서.... 하지만 서로가 서로에게 지치거나 짐이 되지 않게 하시고 만날 때 마다 교제할 때마다 기쁨과 평안 가운데 서로에게 힘이 되고 도움을 줄 수 있는 그러한 관계로 나아갈 수 있게 되길 원합니다.

주님, 저의 모든 실수를 이 시간 온전히 덮어 주시고 새로운 관계로 나아갈 수 있도록 도와주소서.............!!!

제가 있는 이곳이 훈련의 장소임을 기억하며 홀로 서서 잘 걸어갈 수 있도록... 다른 사람을 의지하지 않고 주님이 원하시는 방향대로 순종하며 잘 걸어갈 수 있도록 함께 하소서...

그리하여 주님이 원하시는 그 때 주님의 사람으로 주님의 아름다운 사람으로 조금도 부족함이 없도록 정결하고 거룩한 신부로 동행하며 나아갈 수 있기를 원합니다....

제 안의 모든 두려움을 물리쳐 주시옵고 저보다 먼저 일 행하시는 주님을 찬양하며 주님을 온전히 의지하기 원합니다...

주님, 제 안에 더욱 주님의 형상을 이루어 주소서..........................!!!

그리고 주님이 보시기에 가장 합당한 주님의 때에 배우자와의 순적한 만남과 교제의 문들을 열어 주시고 그 때 까지 인내하며 더욱 내 자신을 잘 가꾸어 갈 수 있도록 지혜를 주시옵소서...

또한 하나님께서 저를 위해 예배하여 주신 배우자임을 제가 확신할 수 있도록 서로가 잘 알아 볼 수 있도록 주님이 서로의 마음 가운데 마음의 눈을 활짝 열수 있도록 하여 주시고 주님이 허락하신 배우자임을 서로가 알 수 있도록 역사하소서...!!! 그리하여 아름다운 만남과 교제가 되게 하여 주시고 가장 아름다운 가나안의 축제를 이루어 주시옵소서...!!!

모든 사람들의, 또 하나님의 축복된 가나안의 축제가 되게 하여 주시고 저희의 아름다운 결합으로 인하여 주님의 생명수를 주위의 더 많은 사람들에게 흘러 보내고 주님이 저희에게 허락하신 사랑을 더 많이 흘러 보낼 수 있도록 주님 역사하여 주시고 도와주소서.... 그리하여 주님이 저희에게 허락하시고 예비하신 그 모든 축복들 온전히 다 받아 누리며 나누어 줄 수 있는 그러한 저희들의 모습이 될 수 있도록 빚어 주시고 다듬어 주시옵소서...

## 12. 삶의 의미를 찾아서

<저자>

인생은 무엇을 손에 쥐고 있는가에 달린 것이 아니라, 믿을 만한 사람이 누구인가에 달려 있음을,

나는 배우고 있습니다. 다른 사람의 최대치에 나 자신을 비교하기보다는 내 자신의 최대치에 나를 비교해야 한다는 것을, 나는 배우고 있습니다. 앞과 뒤를 계산하지 않고 자신에게 정직한 사람이 결국은 우리가 살아가는 데서 앞선다는 것을.

<한비야>

한비야는 자신만의 시간표를 갖고 살고 있었다. 지금 간절히 하고 싶은 일이 있다면 시간과 여건을 고려하지 않고 뛰어든다. 남의 도전을 보면서 박수 치는 것이 아니라 스스로 실화의 삶을 살았다. 자신만의 생생한 이야기로 충만한 실화의 삶 말이다.

- ○ 간절히 원하는 것을 찾기 위해서는 일단 자기와 잘 사귀어야 합니다. 자기가 어떤 사람인지 알아야 합니다.
- ○ 내가 인생에서 하고 싶은 일을 바로 지금 하는 것입니다. 하고 싶은 그 일에 최우선 순위를 두면 됩니다.
- ○ 남들이 정해 놓은 시간표대로 뭔가 이뤄지지 않았다고 안달을 내면 정작 자신의 때에 제대로 피어날 수 없습니다.
- ○ 나는 내 시간표대로 잘 가면 된다고 스스로에게 말했지요

○ 분명히 내 마음 속에 내재된 그 어떤 것들, 이를테면 마음속의 촛불에 바람을 불어넣어 활활 타게 만든 무언가가 있었을 것입니다. 그 숯불이 타는 시간이 바로 '나의 정확한 그때' 입니다.

○ 용기는 자신을 견딜 수 없게 만드는 것을 실제 감행하는 것이다.

○ 기본적으로 사람은 스스로 생각하는 것보다 훨씬 멋집니다. 훨씬 가능성이 많아요 해 보는 데까지가 자기 가능성입니다. 해 보지도 않고 '나는 여기까지'라면서 포기하는 것은 정말 안타까운 일입니다.

○ 나는 지금 환승역에 서 있습니다. 환승역에서는 지금까지 타던 차에서 내려야 합니다. 그래야 새로운 열차를 탈 수 있으니까요

**< 혜민 스님 >**

내 앞의 사람과 공유하는 유대감, 따뜻한 마음, 행복감, 나누는 마음이 중요합니다.
아무리 좋아도 여운이 남아야 그리워집니다. 조금은 서늘한 관계를 유지하는 것이 중요합니다.

남이 정해놓은 시간표가 아니라 자신만의 시간표를 갖고 살아야 합니다. 남을 의식하다 보면 불행해 집니다. 스스로 행복한 것이 중요합니다.
자신만의 행복의 길을 걸어가십시오.

상대와의 관계 안에서 내가 끊임없이 살고 있다는 것을 자각할 때 행복해집니다.
간절히 원하게 되면 보게 되고, 이뤄지더라고요, 사모함이 중요한 것 같아요… 사모하고 그리워 하다 보면 결국 이뤄져요…

진실한 사랑이란?

- 판단하지 않고 있는 그대로 인정해 주고, 있는 그대로를 느끼는 마음이 사랑이지요.
- 사랑하면 나는 사라지고 상대가 좋아하는 모든 것에 몰입합니다.

우주 안의 모든 사람들도 독특한 맛과 멋이 있다고 … 절대로 주눅들지 말고 당당하게 자기의 삶을 살아라. 내 삶의 주인은 바로 나…

**< 김난도 >**

청춘의 시기에 가장 중요한 것은 자기를 깨닫는 것. 자신에 대한 믿음이나 좋아하는 것을 발견하지 못하면 모든 것을 던질 수 없습니다.

- 준비 자체는 아픔이다. 불안하기 때문이다. <아프니까 청춘이다>는 아픔을 받아들이라는 의미에서 지어진 제목이다. 그대만이 홀로 아픈 것은 아니다. 청춘은 준비해야 하며 그래서 늘 아프다!
- 사람들은 목표나 꿈이 있을 때 준비한다. 늙었다는 것은 더 이상 목표가 없는 상태. 꿈꾸지 않는 시기, 가진 것을 소비만 하려는 순간을 의미한다. 그때 사람들은 '노인'이 되는 것이다.

○ **준비하는 시간은 보석같이 아름다운 시간 (카르페디엠); 지금 살고 있는 순간에 충실해야 한다.**

- 자기를 발견해야 '올인'을 할 수 있습니다. 자신에 대한 믿음이나 좋아하는 것을 발견하지 못하면 모든 것을 던질 수 없습니다. 결국 인생은 자기를 찾아 나가는 긴 과정입니다. 그 자기를 마흔에, 혹은 환갑에 찾

을 수 있습니다. 중요한 것은 자기를 찾아 나가는 작업을 결코 중단하지 않는 것입니다.

- 자기 역량과 경험에 대한 투자, 자기 역량을 계발하는 것이 그 무엇보다 중요
- 자기를 찾고 역량을 계발시키는 일을 하다 보면 자연히 큰 인물이 될 수 있다.
- '다 지나간다'
- 인생은 천천히 이루어 지는 기적. 오늘 인생의 조각들을 성실히 맞추다 보면 모두가 큰 바위 얼굴이 될 수 있습니다.
- 나로부터 영혼이 정화될 어떤 말을 기대하는 것 같았습니다.

**< 이해인 >**

기다림과 견딤의 시간을 갖다 보면 희망의 싹이 틉니다. 희망은 청하지도 않았는데 나에게 저절로 찾아오는 손님이 아니랍니다.

- [꽃이 지고 나면 잎이 보이듯이] : "요즘 매일이란 바다의 보물섬에서 보물을 찾는 마음으로 살고 있어 그 어느 때보다 행복하다." 마음의 눈을 크게 뜨고 보니 주변에 보물이 아닌 것이 없더 란다.
- 인생에는 빛나는 순간만 있지 않습니다. 그럼에도 영혼의 어두운 밤을 통과할 때, 새벽으로 가는 길이 열립니다.
- 영혼의 어두운 밤을 겪어야 새로운 빛과 접속될 수 있다. 분명한 사실은 그 밤을 겪어야 새벽 여명을 발견할 수 있다는 것. 영혼의 어두운 밤을 헤쳐 나갈 때에는 기다리는 시간이 필요. 다른 사람을 기다려 주는 것도 필요하지만, '마음에 안 드는 나 자신을 기다려 주는 겸손'도 갖추어야 한다.
- 자기를 좀 더 이해해 주고 기다려 주는 노력

○ ‘자신을 기다려 주는 것. 그것이 겸손이다.’
‘세상과 격리되어 사는 수녀지만 아프고 슬퍼하는 이웃에게 마음 한 조각 나눠 주려 합니다.’

○ 대부분의 사람들은 주어진 시간 속에서 ‘해야 할 것’ 보다 ‘하고 싶은 것’을 먼저 행합니다. 순서가 바뀌었어요. 제대로 살려면 해야 할 일을 먼저 해야 합니다.

○ 요즘 세상 사람들은 사소한 것에 감탄할 줄 모릅니다. 감탄사를 잊어버린 것이야말로 현대인의 중병이다.

○ 감사와 행복이 넘치고, 사랑이 충만한 삶을 위해서는 의식적인 노력이 필요. 내면의 바닥이 드러나지 않도록 채워 나가는 노력을 해야 한다. 그래서 기도하는 마음으로 자기 안에서 도저히 남이 빼앗아 갈 수 없는 풍요로운 보물을 길어 낼 때, 경탄의 삶은 가능하다.

○ 매일 기도하는 마음으로 남이 빼앗아 갈 수 없는 풍요로운 보물을 자기 내면으로부터 길어 내야 합니다.

## 13. 우리들 자신이 누구인지를 아는 일이다

시간이 어찌나 빠른지...
한참 들떴던 연말 기분이 채 가시기도 전에 새해가 시작되더니, 또 어느새 한 주일이 훌~쩍 지나버렸네요..
하루하루 열심히 살아가고자 노력하는데 실천에 잘 옮겨지지 않을 때도 많은 것 같고...
이글은 제가 요즈음 읽고 있는 정덕희씨의 "나는 나에게 목숨을 건다"
에서 요약한 글이랍니다.

이 세상에서 영원한 것은 아무것도 없다.
어떤 어려운 일도 어떤 즐거운 일도 영원하지 않다.
모두 한때이다.
한 생애를 통해서 어려움만 지속된다면 누가 감내하겠는가.
다 도중에 하차하고 말 것이다.
모든 것이 한때이다.
좋은 일도 그렇다. 좋은 일도 늘 지속되지는 않는다.
그러면 사람이 오만해진다. 어려운 때일수록 낙천적인 인생관을 가져야 한다.
덜 가지고도 더 많이 존재할 수 있어야 한다.
이전에는 무심히 관심 갖지 않던 인간관계도 더욱 살뜰히 챙겨야 한다.
더 검소하고 작은 것으로써 기쁨을 느껴야 한다.
우리 인생에서 참으로 소중한 것은 어떤 사회적인 지위나 신분, 소유물이 아니다

우리들 자신이 누구인지를 아는 일이다

## 14. 자신의 마음과 생각을 지키도록 노력하는 것이 가장 중요!

상대에게 자신을 다 보여주지 말자!

나아갈 때와 물러설 때, 말할 때와 침묵할 때를 구별하자!

뜨거운 영성이전에 먼저 자신부터 올바로 서도록 하자!

나의 내성을 기르고 내적 역량을 키우자!

자아가 죽는다는 것은 곧 나의 주권을 내려놓는 것이다.!

현재의 생활을 즐기고 만남과 교제의 축복을 누리자!

언제 어느 상황에서건 자존감을 잃지 말자!

(만원 지폐가 구겨진다고 천원이 되지 않는 것처럼...^^)

가장 중요한 사항..

하고픈 말이 있으면 마음속에 담아두고 끙끙거리지 말고 표현하자!

나의 의견과 요구사항을 확실하게 말하고 전달할 수 있도록 하자!

중국과 중국어를 그리고 중국인을 사랑하도록 마음 주시길 간구 드리자!

상대에 대한 예의와 어장관리를 위해 관계를 정립하자!

(가까운 관계, 먼 관계, 멀어진 관계 등에 대한 대처를 지혜롭게 잘 할 수 있도록 하자!)

하루를 정리하면서 잘한 점과 잘못 한 점을 반성하고 새로운 다짐과 내일의 계획을 세우고 점검해 본다.

나만의 규칙을 세우자.

마음의 평안을 잃는 것이 가장 안 좋음.

마음의 상처를 받지 않도록 항상 조심하고 경계하며 자신을 단련시킬 것

## 15. 그리운 된장찌개

기도는 "소유" 하기 위함이 아닌, "존재" 하기 위함이다...

새벽에 잠에서 깨어나 많이 울었다... 그냥 모든 것들이 두려운 마음에.. 자신감이 하나도 없고 특히 오늘 만나 중국친구와 함께 기숙사 문제를 해결하려고 가기로 했는데... 언어에 대한 두려움 보다는 사람에 대한 두려움이 앞섰던 것 같다...

한참을 몸부림치며 아파하는데.. 어디서 들려오는 K 목사님의 목소리... 여태까지 그렇게 경험을 해놓고도 모르겠느냐고... 우리에게 있어서 돌파는 "예수님" 이라고... 예수님을 붙잡아야 한다고... 예수님을 붙잡는 것이 문제의 해결책 이라고...

그렇다!!
내가 의지할 대상은 그 누구도 아닌, 예수님 자신 그 분 그 자체인 것이다...
주님, 다시 일어설 힘 주시고 회복시켜 주셔서 감사합니다...!!!
그러고 보니, 내 주위의 모든 것들이 새롭게 다가오고, 또 내 주위의 모든 사람들과 또 나의 일들이 넘 소중하게 느껴진다...
운동장 돌면서는 현재에 충실하고 현재를 즐기자...!! 는 생각이 많이 들었다...
우리에게 주어진 이 순간은 다시는 못 올 순간임을 늘 상기하며 하루하루 진실되게 또 열심히 살아보자...!! 파이팅!!!
엄마와 통화 후 수업에 갔는데 갑자기 엄마가 손수 끓여 주시는 된장찌개가

그리워 눈물이 핑돌았다는...^^

내가 현재 가지고 있는 모든 것들에 대해 감사하는 마음이 가득...^^

회복과 승리를 위해 계속 기도하장!!!

## 16. "교육지계 백년지대계(教育之计，百年之大计)"

한국어를 가르치고 한국 문화를 전하고 싶은 마음에 시작한 한국어 수업이 시간이 지나면서 점점 무르익어 가고 있어 잠깐 소개하고자 합니다...

이번 학기에 처음 시작한 한국어 수업(상해 총영사관 소속 신홍교 중학 국제부 한국어반)은 소수정예로 발음(한국어 자모음), 한국어 인사말, 한국에 대한 소개 및 인기 있는 주니어 스타, 한국 음식 소개 , 게임과 노래 활용, 영화 보기 등 대중 매체 및 다양한 방법의 교수법으로 중국 학생들에게 매 수업마다 흥미와 관심을 더해 주면서 수업을 진행하고 있습니다.

최근에 사용하고 있는 자모음 관련 사이트와 직접 손으로 만든 교구들을 사용하여 알기 쉽고 이해하기 쉽게 가르치려 노력하고 있습니다.

다행히도 중국 학생들의 반응이 좋아서 수업 중간 쉬는 시간에도 호기심 어린 눈으로 보러 오는 학생들도 여러 명 있고 또 중간에 등록한 학생들도 있습니다. 다음 학기에는 더 많은 학생들에게 한국어를 학습할 기회를 제공하고자 고려 & 노력 중에 있습니다.

중국의 개혁 개방 이후 많은 시간이 흘렀고 한중간의 우호관계가 더욱 깊어져 감에 따라 앞으로 한중 양국 간에 더 많은 교류의 확대가 예상됩니다. 이로 인하여 중국인에게 한국어를 학습할 수 있는 기회들을 제공하는 것이 더욱 중요하다는 생각이 듭니다.

한국어를 학습함과 동시에, 한국 문화에 대한 이해가 깊어짐으로 양국 간에 더욱 깊은 우호협력 관계가 형성되어져 가기를 소원하며, 중국의 밝은 내일에 한국어가 한 몫을 할 수 있으면 더 없이 보람이 되고 기쁠 것 같습니다.

지금은 아직 발전 단계에 있고 보급 단계에 있기에 더 많은 노력이 요구되어지고 연구가 필요하지만 한국어의 수요가 급증함에 따라 중국과 한국간의 빈번한 교류와 문화 및 정치, 경제 등 다양한 분야에서의 상호 협력 체제의 구축으로 인하여 한중 양국 간에 더욱 활발한 상호작용이 이루어 질 수 있기를 소망합니다.

아래의 사진은 수업 장면이고 직접 만든 교구활용 자료들 또한 사진에 담아보았습니다.

"교육지계 백년지대계(教育之计, 百年之大计)"라고 지금의 투자는 앞으로 백년을 내다보는 원시안을 키워주며 이로 인하여 인생 역전의 기회까지 얻을 수 있게 되길 기대합니다.

저 또한 중국과 한국이 정식수교가 되기 전에 선견지명이 있었던 어떤 분의 제안으로 제가 다니게 되었던 고등학교에서 대만 선생님의 지도로 '뽀, 포, 모, 포...' 발음부터 시작된 중국어와의 만남이 결국 제 인생의 전공이 되었고 지금도 한 사람의 중국어 연구자와 중국 문화 협력 관련자가 되기까지 그 때의 우연한 인연이 지금은 필연이었다고 생각될 정도로 제 인생의 소중한 부분이 되었답니다...^^ 저와 같은, 아니 저보다 더 필요한.. 이 세상에 빛과 소금의 역할을 더 많이 감당할 수 있는 귀하고 훌륭한 인재들이 많이 발굴되고 생겨나길... 또한 지금의 투자가 앞으로 백년을 내다보는 소중한 기회가 될 수 있기를 마음속으로 소망해 봅니다...

为了汉中友谊 加油！！(웨이러한쭝요우이, 찌아요우! / 한중우호, 파이팅!)

## 17. 교육은 사랑이며, 관계 형성이다...!!!

한국어 수업이 무르익어 가고 있는 가운데, 신흥교 고급 중학교 에서는 중간고사를 마치고 학생들과 함께 영화를 보는 시간을 가졌는데... 선생님이 준비해 오신 김밥을 함께 먹으며 좋은 시간을 보낼 수 있었답니다.

한국 영화 "클래식"을 보면서 한국인의 정서와 분위기를 느낄 수 있었고 한국 고등학생들의 생활과 수업 장면을 보면서 한국인의 생활상을 접하며 한국 학생들과의 공통점과 차이점들을 비교해 보면서 생각해 볼 수 있는 시간도 되었습니다.

특히, 교실 수업 장면과 배변을 담아 오는 장면들, 또 한국의 교복이 다소 생소하게 느껴질 수도 있었는데 한 장면 한 장면 주의 깊게 보는 모습들이 참으로 인상적이었습니다.

학생들의 이름을 익히기 위해서 선생님이 학생들의 사진을 받아서 수첩에 담고 다니시는 모습도 인상적이었는데... 이는 우리 학생들에 대한 관심과 사랑의 표시이기도~~~^^

(우리 학생들의 웃는 모습과 사랑스러운 모습에 선생님도 마음이 녹아진다는...^^)

그러한 모습 속에서 학생과 스승과의 상호 교감과 관계형성을 통하여 서로 함께 한다는 생각을 가지며 이제는 교육이 선생님 주입식의 일방적인 교수법이 아닌, 공감대 형성과 학습자 중심의 교육으로 가야 한다는 생각 또한 엿볼 수 있었습니다.

한국 문화재를 열심히 준비하는 가운데 중국 학생들이 한국 유학생들과 함께 어우러져 느낌을 공유하고 서로 나눌 수 있는 소중한 시간들을 가지며 더욱더 한 발자국씩 한중사랑의 친교관계가 이루어져 가고 있음을 확신합니다...!!!

## 18. 내 인생의 반려자!! (我愛中國 ; 워 아이 중구워!!^^)

### 1) 워 아이 쭝구워!(我爱中国!)

중국에 유학 와서 하고 싶은 것들과 다짐들을 나름 정리해 보면 다음과 같다.

① 중국과 중국 영혼을 품는 자 되자!! 중국 박사 과정에 지원을 하면서 가지게 된 처음 마음이 항상 기억되기를…
② 다양한 음식 문화를 접하고 싶다. 네 발 달린 것은 의자와 책상 빼고 다 먹는다고 하는데 정말인지 알고 싶고, 실제로 바퀴벌레나 지네 등도 요리 재료가 된다는 말이 맞는지 내 눈으로 직접 확인해 보고 싶다.
③ 중국의 여러 지역을 여행하면서 직접 중국을 느껴보고 싶다.
④ 중국의 지역별 특징이 다른데, 중국의 지역 마다의 특성을 잘 이해하고 싶다.
⑤ 중국 사람들과 소통하는 법을 배우고 싶다. 중국에 있으면서 그들의 사고 의식이나 문화를 알려면, 그들의 문화 속으로 깊이 들어가려는 노력이 많이 필요한 것 같고 또 그러한 노력들을 통하여 중국을 이해하며, 중국인의 사고 의식이나 문화 구조를 알 수 있는 것 같다.

### 2) 워 아이 워더 셩후어!(我爱我的生活!)

먼저 아직 박사학위를 받지 않은 상황에서 이렇게 글을 쓰려고 하니 약간은 부담도 되지만, 이곳에서 나름 열심히 정진하고 있고 또 앞으로 더 잘 달려 나가기 위해 정리하는 시간이라고 생각하고 소신껏 적어 보고자 한다.

더불어서 나와 같이 박사과정을 하고 있거나, 혹은 진학을 위해 준비하고 있는 학생들을 위해 이 글이 조금이나마 도움이 되기를 바란다.

나는 2010년 8월에 이 곳 상해에 왔다. 한국에서 석사과정까지 하고 왔기에 나름 자부심도 있었지만, 그래도 석사와 박사과정은 또 많이 다를 것이고 더군다나 외국에서 학위를 받는다는 것이 처음에는 적잖이 부담도 되었던 것 같다.

학교 공부에 먼저 집중을 하려고 했고, 다른 동학들과 교수님들과의 관계에 있어서도 특히 전공 지도 교수님과의 관계에 있어서 신경을 많이 썼던 것 같다. 전공 지도 교수님의 연구방향이 다행히도 지금 쓰고 있는 박사논문 연구 방향과 같았기에, 오히려 더 쉽게 논문을 써 내려갈 수 있다는 생각도 든다. 하지만 무엇보다 수업에 빠지지 않고 성실하게 임하는 태도가 중요한 것 같고, 또 중국은 한국의 학제와 달라서 처음 입학 후 1년간은 열심히 모든 수업을 다 들어야 하고 그 이후 박사과정 2학년부터는 논문 쓰는데 집중을 하게 된다.

한국에서 석사과정을 마치고 교학을 계속 해 왔던 것이 논문 주제를 잡는 데도 도움이 많이 되었던 것 같다. 특히 세부 전공을 바꾸었음에도 불구하고 내가 빨리 논문 주제를 잡고 논문 쓰는데 집중할 수 있었던 이유도 어쩌면 한국에서의 교학 경험이 크게 작용하지 않았나 하는 생각이 많이 든다. 그리고 중국 동학들과의 유대관계가 참으로 중요하다는 생각이 든다. 논문 쓰는 과정도 그렇겠지만, 모든 학업 과정에 있어서 중국 친구들의 도움이 실제로 많이 필요하기 때문이다. 생활 면에서도 오히려 중국 친구들을 많이 알아두면, 이래저래로 도움이 많이 되는 것 같다.

또한 이곳에 와서 느낀 것 중에, 한국 유학생들의 어려움이 크게 와 닿았던 것 같다. 어렸을 때부터 자의든 타의든지 간에 유학의 길을 선택하게 되었지만, 실제로 와서 생활하다 보면 어려운 점이 한 두 가지가 아닌 것 같다. 심지어 유학생 중에는 혼자만의 생활에 갇혀 생활하다가 안 좋은 일들을 겪게 되기도 하며, 외롭고 힘든 마음에 유혹에 빠지기도 쉬울 뿐 아니라, 충동적인 행동들도 본의 아니게 하게 되는 것 같다. 더욱이 가족과 함께 있지 않고 부모님이라도 간섭을 할 수가 없기에 본인 스스로 모든 생활 부분에 있어서 절제와 인내와 자기 컨트롤이 많이 필요한 것 같다. 유학생들끼리 서로 도와주는 분위기가 형성되면 좋겠지만, 모두들 자신의 목적 달성이 더 시급하므로 챙겨주지 못하고 이해하지 못하는 상황에서 혼자만이 겪게 되는 갈등과 어려움은 더욱 큰 것 같다. 그래서 신앙생활을 시작하는 학생들도 있고 또 나름의 스트레스 해소법을 찾는 경우도 많은 것 같다.

또 다른 한 가지 권하고 싶은 것은 중국에 있으면서 여행을 많이 해보라고 권하고 싶다. 실제로 여행을 하면서 중국을 느끼며, 중국 사람들의 생활상들을 직접 보고 들으면서 또 그들과 소통을 하면서 많이 배우는 것 같다. 중국어뿐 아니라 그들의 문화를 보고 느끼면서 과연 중국이란 나라가 어떤 곳이며 어떻게 생활하는지 직접적인 체험을 하는 것이 매우 중요한 것 같다.

중국어를 나름 오랜 기간 공부한다고 생각했지만, 지금도 여전히 중국에 대해 중국 사람들에 대해 이해하기 어려운 부분도 많이 있는 것 같다. 중국 사람들이 인심이 참 좋은 것 같으면서도 가끔씩 뒤통수를 얻어 맞는 기분이 들 때도 있고, 또 법칙이 없는 것 같으면서도 나름의 그 안에 법규가 있는 것 같고, 또한 '물질만능주의'나 '중화사상' 등은 아직도 뿌리깊게 박혀있었다는 느낌을 받을 때가 많이 있는 것 같다.

우리가 중국을 더 잘 이해하기 위해서는 그들의 문화 속으로 깊이 들어가 함께 공유하며, 나누고자 하는 마음가짐도 상당히 중요한 것 같다. 한국인들 중에는 중국 사람들과 소통을 꺼리고 한국 사람들끼리만 상대하는 사람들도 간혹 있는데, 우리가 먼저 그러한 마음을 버리고 그들에게 다가가지 않으면 그들 또한 우리를 가식적으로 대하고 선입견으로 대하는 등 안 좋은 관계들이 반복이 되다 보면, 한국에 대한 이미지마저 안 좋게 새겨지는 것 같다.

유학생활의 가장 좋은 점 중에 한 가지는 자립심과 독립심을 키울 수 있었다는 것이다.

내 자신의 삶을 더욱 사랑하게 되고, 그러다 보면 자연스레 내 자신도 사랑하게 되는 것 같다. 이 곳에 와서 경험하게 되는 모든 일들을 통해 내 자신이 더욱 강하게 연단되고 훈련되는 과정이라 생각하면, 좀 더 담대하게 받아 들이게 되고 또 그로 인하여 실제로 내 자신이 더욱 단단해지고 강해지는 것 같다. 내 삶 속에 찾아 오는 모든 고난 속에서 자신을 잘 성찰해보며, 메시지 한 가지라도 붙잡을 수 있게 되길 진정 소망하며, 그러한 과정을 통해 한 발 더 성숙해진 나의 모습과 맞닥뜨릴 수 있게 되길 바란다. 나중에 한국에 돌아가서 이 곳에서의 생활을 기억하며, 더욱 겸손히 나아가길 소망하며, 삶의 매 순간순간 충실하며 나의 삶을 사랑하면서 통째로 끌어 안을 수 있어야겠다는 생각이 많이 든다. 지금은 나에게 주어진 무수한 조각들을 잘 맞출 수도 없고 또 잘 맞추어 지지도 않겠지만, 나중에 회상 했을 때 는 그래서 내게 주어진 것들이었음을 알고 기뻐하며 감사할 수 있을 것 같다.

내게 중국이 주는 유익과 좋은 점들을 논하기에 앞서서, 내겐 중국이 '인생의 반려자' 내지는 친구, 더 나아가 '형제 자매' 라는 생각이 든다. 고등학교 때부터 제 2외국어로 중국어를 접하게 되면서 중국과의 인연이 자연스럽게 형성이 된 것 같다. 그 때는 한중 수교가 되기 전이었기에, 대만 선생님께 '주음보'(북경 표준어 '한어병음'에 해당)와 '번체자'(북경 표준어의 '간체자'에 해당)를 배우기 시작했고 대학교 때 전공으로 선택하게 되면서는 '북경어'를 표준어로 본격적으로 배우기 시작했다. 따라서 대만어와 북경 표준어를 다 접하고 배울 수 있었으며, 더 나아가 석사 때 전공이 갑골문자학(고대 한어)였고 지금은 언어 및 응용 언어학(현대 한어)가 되므로 고대에서 현대까지의 언어학 공부를 다 접하고 할 수 있었던 유익이 내게는 주어졌던 것 같다. 하지만 솔직히 고백 컨대, 지금도 나는 중국의 몇 십 분의 몇도 잘 이해하지 못하는 느낌이 들 정도로 친숙감과 편해진 부분은 있지만 중국에 대한 더 깊은 이해를 소망하게 되는 것 같다. 그런 의미에게 내게 주어진 유학이라는 기회는 내 인생에 있어서 다시금 갖을 수 없는 소중한 기회라는 생각이 들며, 또한 중국에서 국가 정부 장학금을 주실 때의 감사함을 항상 잊지 않고 나의 학업과 논문, 나의 생활에 정진하기를 진정 기도하며 소망한다.

중국이라는 나라를 '나의 형제요, 가족'이라 생각할 때 우리가 상식으로 이해할 수 없는, 많은 겪게 되는 일들과 갈등과 문제들도 자연스레 이해하게 되고 마음으로 품을 수 있게 되는 것 같다. 우리의 형제요 가족이 되는 중국을 우리의 마음으로 진정으로 끌어 안을 수 있을 때, 진정 중국을 이해한다고 말할 수 있지 않을 까 하는 생각을 조심스레 해 보게 된다.

"나는 중국을 사랑한다.", "나는 중국어를 사랑한다" 라고 외치기에 앞서서 우리의 형제요, 자매인 중국과 중국인과의 정서적인 유대감과 공유하는 부분들을 소탈하게 나눌 수 있을 때, 진정 그들과의 소통이 이루어지지 않을 까 하는 생각이 많이 든다. 현대 사회에서 '소통'의 의미가 너무 중요하게 여겨지는 것처럼, 우리가 중국과의 관계에 있어서도 이 소통이 잘 이루어 질 때 우리가 더욱 그들을 잘 이해하고 서로 도움을 나눌 수 있는 협력 관계까지도 가능하다는 생각이 든다.

마지막으로 어제 국회도서관 자료를 좀 찾아 봐야 할 게 생겨서 상해 한국 문화원에 가게 되었는데 그 곳 벽에 한글로 적혀 있는 문구가 내 마음에 아로 새겨 졌던 것 같다.

"나라끼리 이름을 바꾸면 싸울 일이 없다"

우리가 어느 나라 사람임을 밝히기에 앞서 '나라'라는 벽을 허물고 진정 마음과 마음으로 다가 갔을 때, 그들을 품을 수 있는 마음을 가지게 되고 우리 안에 진정한 사랑이 넘쳐 흐르지 않을 까 하는 생각이 든다.

오늘도 '오성홍기(五星红旗)'가 펄럭이는 중국 상해 땅에 머물러 살고 있음에 감사하며, 나의 인생에 있어서 소중한 인연, 또 앞으로도 계속 이어져 나갈 나의 소중한 가족과 같은 중국을 더욱 마음으로 사랑하고자 오늘도 나는 부지런히 노력하며 그들과 소통하려 노력 중이다.^^

## 19. 우리는 "한중 걸작품"

2011년 11월 11일 (천년에 한번 온다는~^^) 소위 말하는 '빼빼로데이' 에 울 가족 7명 (교육관님 포함) 이 한 자리에 모였다. '워크샵' 이라는 명목으로 모였지만, 우리가 인연이 깊은 한 가족임을 다시금 새롭게 재확인하는 의미 깊은 자리였다. 그 동안 각자 맡은 학교 (공상 외국어 학교, 복단 부속 중학교, 신홍교 고급 중학교 )에서 열강을 하고 있는 한국어 선생님들은 이 날 함께 모여 한국어 교육과 한중 문화 및 앞으로 우리가 나아갈 방향 등에 대해 나름 심도 깊은 논의가 이루어 졌다.

금요일 2시부터 다음 날 오후 다섯 시까지 한국어 교육개론에서부터 발음관련 이론, 새로운 자모음 교수법 뿐 아니라 한국어 교육에서 문화 요소의 도입 등 다양한 주제발표와 함께 열띤 토론이 이루어졌는데, 우리가 함께 모인 자리에는 상해 외국어 대학에서 한국어 말하기 대회 참관을 막 마치고 돌아오신 교육관님께서 함께 참석하여 주셔서 더욱 빛나는 자리가 되었다.

특히 H 교육관님께서는 한국 문화를 중국에 보급하며 알리는 부분에서 한국의 위상에 관하여 강조하여 말씀해 주셨는데, 대화가 무르익는 가운데 그 무엇보다 우리가 결코 혼자 달리는 독자 노선이 아닌 함께 공동으로 서로 도와 가며 걸어가야 함에 대한 중요성을 깨달을 수 있었다.

교재 개발 및 한국 문화 관련 수업에 관한 자유로운 논의도 이루어 졌는데, 교재 개발 및 편찬 부분에서는 선생님들의 일치된 마음과 뜨거운 열정을 느낄 수 있었다. 함께 마음을 모으고 뜻을 모으고 또 우리의 지식과 열정과 노력을 더한다면 머지않은 장래에 우리 자체내의 한국어 교재가 발간되어 보급되어져 있지 않을까 하는 생각을 해보며 (물론 쉽지는 않겠지만) 문화 방면의 토의에서는 악기 연주, 연극 활동(연출), 시낭송 및 의식주 뿐 아니라 한국 기업 소개, 교복 소개 등 폭넓고 다양한 내용들이 나왔다. 여러 접근법을 통한 한국 문화의 소개로 인하여 한국을 세계에 알리는 일 또한 참으로 의미있는 일임을 다시금 느끼게 되는 소중한 시간이 되었던 것 같다.

인생의 모든 일들이 하루아침에 의욕만 가지고 되는 것은 아니지만, 씨줄과 날줄이 엮이어 아름다운 하나의 걸작품이 만들어 지는 것처럼, 오늘의 이 작은 발걸음이 앞으로 수 놓아질 한 편의 아름다운 한중 걸작품의 초석이 되어진다면 더 없이 값지고 보람된 일이 될 거라는 생각이 든다.

감기에 걸려 일찍 들어가실 수도 있었지만 끝까지 기침을 참아가며 자리를 함께 해 주신 D 선생님을 비롯한 우리 한국어 선생님들께도 감사의 마음과 사랑의 마음을 전해 드리며, 그 무엇보다 우리를 한 가족으로 엮어 주신 주 상하이 총영사관에게도 깊은 감사의 마음을 전해 드립니다...

# Ⅳ. 아버지의 사랑 노래

## 1. 제 삶의 또 하나의 기적을 체험케 하신 주님을 찬양합니다

제 삶에 있어서 하나의 큰 전환점이 된 계기가 되었던 이 사건을 간증으로 올려야 하는지 약간은 망설이고 고민하는 마음이 생겼는데, 이것도 제 안에 하나의 돌파라는 생각이 듭니다... 주님께 온전한 영광을 올려 드리고 싶습니다...

초등학교 3학년때 부터 시력이 나빠서 안경을 쓰기 시작했던 저는 주위 친구들이 부러워하는 사람도 많이 있었지만 제 자신은 안경을 쓰는 것이 싫어서 시력검사 때 일부러 안보이면서도 보인다고 했던 것도 같습니다...

작년 12월 8일 저는 제 인생에서 하나의 전환점이 되었던 라섹 수술을 하게 되었습니다. 어렸을때부터 눈이 좋아지는 것이 하나의 큰 숙원이었던 저에게는 인생의 대전환점을 맞이하게 된 것이죠...^^

당시 유명하다는 안과는 다 가 보았지만, 제가 시력이 많이 나쁜지라 모두 라식이나 라섹이 아닌 렌즈 삽입술 (ICL)을 권하시기에 저는 이곳이 마지막 희망이라는 생각을 가지고 강남의 오.. 안과의 문을 두드리게 되었습니다. 이곳에서 검사를 받을 때 계속해서 주님은 사막에 강을 내시는 분이라는 생각이 들었고 그래서인지 여러 검사를 진행하는데 검진하시는 분께서 저에게 어려운 검사인데도 잘 참아낸다는 말까지도 하셨던 것 같습니다.

드디어 저는 이곳에서 라섹을 해도 된다는 승낙을 얻어 고민을 하기 시작했습니다. 물론 당연히 시력이 회복이 잘 되겠지만 만에 하나라도 잘못 된다면 어떻게 하지... 그리고 진통제 계통의 알레르기 반응이 있어 약을 함부로 못 먹고 있는데, 또 그로인한 부작용으로 병원에 입원한 적도 있어서... 약간은 아니 솔직히 많이 걱정도 되고 고민이 되었습니다. 그러던 중에, 철야예배에 참석을 해서 물어보게 되었습니다... '주님, 제가 어떻게 하죠... 어떻게 해야 하나요...' 기도의 시간이 그리 길지 않았던 것 같았는데, 주님이 제게 음성을 들려주시는 것이에요... "내가 네 눈을 낫게 하여 주겠다..." 그래서 저는 다시 물어 보았습니다. "그런데 어떤 이는 집회에서 치유를 받기도 하고 안경을 벗고 집에 돌아갔다는 말도 있는데 저는 그렇게 할 수는 없는 건가요?..." 그러자 주님이 다시 말씀을 해 주셨다. "이것(시술)은 하나의 과정이란다... 의학을 빌려서 하는... 그 과정도 곧 지나갈 것이다..." 전 이 주님의 음성을 듣는 순간 넘 감사해서 기뻤고 또 눈물이 흘러나왔습니다... 그러면서 주님께 마음의 고백을 올려 드렸습니다. '만약 주님이 제 눈을 정말로 낫게 하여 주신다면, 전 이제 제 자신을 위해 열심히 사는 것이 아니라 주님을 위해 남은 인생을 살고 싶습니다... 저의 눈을 낫게 하여 주시고 제가 온전히 쓰임 받을 수 있게 하여 주소서... 또한 그동안 세상을 향하여 바라보았던 제 눈이 이제는 영적인 눈이 되어서, 주님의 마음을 가지고 세상과 사람들을 바라볼 수 있는 영적인 눈이 떠지게 하여 주시고, 또 제 눈이 더욱 밝아져서 어두운 곳에 있는 그들을 위해서도 중보할 수 있는 마음들을 제게 부어 주시옵소서...!!' (이것은 제가 눈 시술 후 회복기에 있을 때에도 계속해서 기도했던 제 기도제목이기도 했답니다...^^)

그러자 제 마음 가운데 평안이 임했고 또 저는 담담하게 제게 벌어지고 있는 모든 상황들을 맞이할 수 있었던 것 같습니다... (그리고 당시 중국으로 유학을 가려고 준비하고 있었던 마지막 시험까지도 내려놓게 하시고 주님이 저를 통해서 행하시고자 하시는 것들이 무엇이었는지 주님은 제 눈을 먼저 낫게 해 주시고자 했던 것입니다... 그 당시는 몰랐지만 이제는 이 간증을 통하여 다시금 느끼게 되어 더욱 감사를 드리게 됩니다.)

수술을 앞두고 마치 대 수술을 앞둔 사람처럼 저는 그동안 못다 한 사랑표현을 주위사람들에게 하고 싶었고 또 가족을 비롯하여 그 분들이 넘 소중하게 여겨지기까지 했습니다...

(주님은 저에게 한없는 사랑을 베풀어 주셨지만 전 주님의 그 사랑을 몰라 한참을 헤매이고 망설였죠... 이젠 외면하지 않을래요.. 이젠 주님의 그 아픈 마음 외면하지 않고 제게 행하신 모든 일들을 세상에 알릴게요... 주님이 저의 아버지 되심을 부끄러워하지 않을게요... 주님이 저의 아버지 되심을 저희 아버지 되어주심을... 아버지가 시키시는 일이면 그 무엇이든 할 것이고 또 주님이 제게 허락하신 그 모든 것들을 기쁨으로 감당할래요... 주님...)

셀원들과도 수술 전에 마지막으로 기도 부탁하고 가족들과 함께 시간을 보내기 위해 양해를 구하고 케익을 사가지고 집으로 돌아왔는데, 오빠가 제가 눈 수술을 하기로 예약이 되어 있다는 말을 들으시고 강하게 반대를 하시기 시작했습니다. 조카가 오빠를 말리고 빨리 케익 축하를 나누자고 조르지만 않았다면 계속해서 걱정 어린 눈으로 반대의 말들을 하셨을 것입니다... (역시 우리 조카는 저와 영적으로 많이 통하는 것 같습니다...^^)

저는 마음이 넘 심란했고 그 마음이 주일에까지 이어져서 아침에 일어나 주님 앞에 앉았을 때는 마치 아브라함이 이삭을 제물제단에 올려놓는 것과 같은 심정으로 제 심정이 그러했습니다. 주님 제가 저의 두 눈을 주님 앞에 올려놓습니다...

주일날 두려운 마음에 당시 셀장님이셨던 (지금은 엘더님이 되셨지만...) L

셀장님과 대화를 나누며 나름의 또다시 주님의 사인과 응답을 기다렸던 것 같습니다. 셀장님과의 대화를 통해서 다시금 확신을 가지게 되었습니다. 주일예배 후 신유축사를 받게 되었는데, 그날 제가 넘 두렵고 떨리는 마음에 제가 아는 사람들에게 "고도근시"라고 하면서 기도요청을 하고 다녔던 것도 같습니다... 그런데 O 권사님께서 저에게 하셨던 말씀이 "고도근시"라는 말에 묶이지 말라고 하시며 저는 주님의 것이고... 또 제 눈은 주님의 것이라는 것을... 다시금 상기시켜 주셨습니다...

예약이 화요일로 잡혀 있었지만, 전 월요일까지도 마음에 갈등이 있었습니다.

그런데 어머님의 꿈속에서 (저와 비행기를 타고 함께 어느 곳을 갔었는데, 어머님 기억으로는 세느 강의 아주 깨끗한 물줄기를 보셨다고 하셨는데, 그리고 나서 또 저와 함께 간 곳이 아주 넓은 강이었는데 아주 깨끗한 물들이 폭포수처럼 흐르고 있었다고...그 이후에 저는 그 강이 생수의 강이라고 생각하게 되었지만...^^)의 내용이 확증으로 다가왔기에 주저하지 않고 원래 예약잡힌 대로 실행에 옮기기로 하였습니다.

드디어 화욜 수술 날짜가 다가왔고, 난 아침부터 기도하는 맘으로 담대히 나아갔습니다... 이사야 말씀을 암송하며 차 안에서도 기도하고 묵상하고 암송하면서 저의 불안한 마음을 달래었는데 계속 주님이 제 맘 가운데 평안과 확신을 주셔서 넘 감사했습니다...

예약이 10시로 되어 있었는데, 마침 수술기구 점검까지 하게 되어 시간이 좀 많이 지연이 되었습니다. 오히려 더 감사했었던 것이 한 치의 오차도 없이 완벽하게 해 주시라는 주님의 마음이 느껴져 더욱 감사하게 되었습니다...

수술대 위에서 눈은 마취가 되어 계속 뜨고는 있었지만, 전 계속해서 제 머리 속에 어떤 하나의 환상이 보여 졌는데, 그것은 바로 예수님이 하나님을 향하여 쳐다보고 계시는 두 눈이었습니다... 주님은 온전히 시선을 하나님께로 고정하고 계셨습니다... 전 계속 마음속으로 기도했습니다.... 주님 제 눈이 온전히 나음 받아서 이젠 주님을 위해 쓰여 질 수 있는 아름답고 건강한 두 눈이 되게 해 주세요... 전 제 각막이 깎여 나가는 것을 느낄 수 있었는데, 계속 무지개 빛이 보이는 것이, 왠지 약속의 하나님을 생각하게 하셨고, 또 그 순간 저는 오히려 감사했습니다... 그동안 세상을 향하여 있었던 나의 두 눈에 세상적인 모든 것들이 깎이어 나가고 이젠 새로운 영적인 눈이 되어지리라 믿음을 구하게 되었습니다... 더 시력이 나쁜 오른쪽 눈 시술을 마쳤을 때 의사선생님께서는 "브라보"를 외치셨고, 그 다음 왼쪽 눈을 할 때는 갑자기 어떤 강한 냄새가 났었는데 왠지 난 그 냄새가 지옥에서 계속 맛보아야 하는 유황불 냄새가 아닌가 하는 생각이 들어 더 의식적으로 맡으려고 했던 것도 같습니다... 전 가족구원의 문제를 생각하면 제 안에 자신이 없었는데, 그때는 내 눈이 낫기 위해서도 꼭 가족구원이 이루어질 거라고 믿음으로 계속 선포하게 되었고 나중에는 세계 선교를 위해서도 기도하게 되었습니다...

온전히 수술을 마치고 회복실에 있을 때 그렇게도 반대하던 오빠한테서 전화가 걸려왔었고, 오빠의 여동생을 향한 깊은 속정까지 느껴져 더욱 감사하게 되었습니다...

회복기가 다른 사람에 비해서 길었고 또 눈이 많이 나빠서 각막을 많이 깎아야 했던 나에게 주님의 음성을 만약 듣지 못했었다면 나 또한 인간인지라 많이 두렵고 또 불안해했을지도 모릅니다. 가끔씩 청년들이 나를 보고서 한동안 썬글라스를 끼고 다녀서 그랬는지 "밴쿠버에서 온 정체불명의 여인" 이라는 우스갯 말을 하기도 했었고 또 언제 썬글라스를 벗을 것이냐 게시판에 올려달라고 말하는 친구들도 있었는데 지금은 그 모든 것들이 감사함으로 또 재미있는 추억으로 느껴지기도 합니다...

주님은 너무나 신실하셔서, 저희의 모든 필요를 아시는 분이십니다...제가 라이언 와이어트 성회때 천국엔 안구가 많다는 목사님 말씀을 듣고서 그 안구 하나 저 주시면 안되요 라고 어린아이 같은 바램을 가졌던 저의 마음을 주님은 받으셨고, 또한 치유의 하나님을 경험케 하여 주셔서 넘 감사를 올려 드립니다...

항상 제 삶 가운데 살아 역사하시는 주님을 찬양합니다.... 주님의 사랑 가운데 안전하게 거할 때 우리는 진정한 평안과 기쁨을 누릴 수 있게 되는 것 같습니다...

주님, 제 눈이 이제 더 이상 세상의 것을 바라보는 것이 아닌, 아버지의 마음과 눈으로 사람들을 대하고 또 그들을 바라볼 수 있게 되길 진정 소망합니다...

주님의 제게 허락하신 남은 인생동안 제게 다시 되찾게 하여 주신 이 소중한 눈을 더 잘 관리하며 주님을 위해 귀하게 쓰임받기에 부족함에 없는 자로 연단받고 훈련될 수 있도록 인도하여 주시옵소서... 어떠한 어려움과 곤란 속에서도 주님의 사랑을 의심치 않고 오직 주님 사랑에 매여 사는 자 되게 하여 주소서...

감사드리며 이 모든 영광을 주님께 올려 드립니다.........!!!

## 2. 순수한 사랑의 동기

인문학 포럼에 참석했다.

논문을 초록 포함하여 3개나 써야 하는

이유로 아쉬움을 뒤로 하고 올 수 밖에 없었는데...

ㅜㅠ

새벽까지 논문을 쓰면서 자신에게 계속 물어보는 이 질문.. "너 왜 이것을 하고 있니? 왜 이렇게 힘들게 머리를 쥐어짜며 스트레스를 받으며 하고 있니??"

이 질문에 대한 답을 얻을 수가 없어서

가슴을 치며 혼자 씨름하며 힘들어 했다..

이제서야 알 것 같다. 아니 맘이 좀 편해진다...

내가 박사학위를 받고 감사함을 잊어버렸던 이유도 어찌보면 같은 맥락에서 일 것이다...

얼마 전 산책하면서

하나님께서 내게 주신 깨달음 속의 답 또한 마찬가지로...**

우리 삶의 모든 여정이 그렇듯이,

학문도 순수한 마음 그저 공부가 좋아서

또 교학도 가르치는 것이 좋아서가 답이다...!!!

내가 주님 사랑해서 그 아프고 힘든 상황 가운데 다시 중국 상해 땅을 밟은 것처럼 (그 눈물의 고백이 있었던 것처럼...^^)

우리 삶의 모든 행함의 동기도 그러했음 좋겠다...
사랑도 일도 공부도 학문도 교학도..
또 신앙생활도...

포럼에서도 유학과 비유학파에 대한 발언 등과 함께 "성공" 이란 단어를 사용하시는 게 좀 맘에 걸리기도 했는데... 우리 교육계의 현실을 좀 더 냉철한 생각과 비판적인 시각으로 바라보며...

앞으론 포럼 뿐 아니라 학회에서도 자기 목소리를 충분히 낼 수 있는 자가 되기 위해 더 분발하고 또 노력해야 겠다...

그러고 보니 국제 유학생 캠프에서도
김하중 전 주중대사님과의 힘들게 가진
귀한 만남의 자리에서 ..

맘 속에 하고픈 말 가득 안고서 말씀 못 드려
가슴 치며 후회 아닌 후회를 했었는데..
또 다시.. 앞으로는... 후회 없도록 내 가슴을 치지 않도록... 기도하며 ... ^^

순수한 동기가 학문의 목적이 되어야 함을

깊이 깨닫게 하여 주셔서 ...

&

순수한 하나님 사랑이 신앙생활의 동기가 되어야 함을 다시금 깨닫게 해 주셔서 넘 감사드리며 찬양을 올려 드립니다...!!!

- 마음이 편해지고 후련해진 어느 날..

인문학 담고 후에...♡♡ -

## 3. 교만한 지식이 사람을 죽일 수 있다~!!

미용실 샵 매니저인 사촌 동생에게 머리를 염색하러 갔다가 그녀에게 좋은 교훈을 얻게 되는 사건이 있었다. 요즘 그녀는 대학원 석박사 통합과정에 입학하여 학업을 이어가고 있다.

뒤늦게 공부를 시작하여 미용실 운영과 매니저로서의 역할 뿐 아니라, 학업까지 또 결혼해서 엄마와 며느리, 아내의 역할까지 1인 몇 역을 하고 있는 그녀가 솔직히 좀 많이 부럽기도 했지만 그래도 중국 유학으로의 문을 열기까지 간증 속에 역사한 하나님의 섭리를 생각하며 전도의 때를 기다리고 인내하고 있다.^^

오늘 설교 말씀을 통해서 난 진짜 신앙을 가진 사람인가? 가짜 신앙을 가진 사람인가? 에 대하여 다시금 의문을 가지며 내 자신의 진짜 모습과 직면하고자 하였다.

그 사촌의 얘기를 하다가 이렇게 흘러오게 되었는데, 그 친구가 자신의 좁은 지식으로 나름 잘난 체하며 나의 중심을 잘 살펴 알지도 못하는 내용을 말했을 때 나는 넘 억울하고 속상한 마음이 들었었다. 그런데 오늘 엄마 아빠와 다투고 나서, 하나님이 내게 깊게 깨닫게 하여 주신 내용이 바로 "교만한 얕은 지식이 사람을 망하게 하고 죽이게 한다면, 이는 얻지 못하는 것만 못하다" 는 것이다. 그 친구의 "자기 합리화" 와 "인지"라는 단어들을 삶 속에 적용시키며 내게도 투영시키는 모습 속에서 진실이 오도됨을 왜곡됨을 느끼며, 이것이 사람을 죽일수도 있겠다는 생각에 무서운 마음이 들었다.

그렇다!! 내가 지금 그렇게 하고 있지는 않은 것인지...?? 그래 내가 지금 인생의 모진 풍파를 다 겪어내시고 극복해 내신 그 분들의 삶의 큰 굴곡 앞에서 얕은 지식과 경험으로 얼마나 교만한 망언과 실언을 하고 있었던 것인지...!!!ㅜㅠ 갑자기 이러한 깊은 깨달음을 얻고 나니깐 내 안에 돌파가 일어나고 회개가 일어났다. 나의 모습이 그 사촌 동생과 다를 바가 무언가 말이다~!!! ㅜㅠ

그래서 곧 부모님께 용서를 구하는 말씀을 드렸다.
그리고 지금 설교 말씀을 통하여 다시금 내 자신의 신앙을 점검하고 믿음을 구하는 기도를 올려 드리고 있다.

말씀 속에 담기신 예수님, 내 삶 속에서 지금도 살아 역사하셔서 나와 교통하시는 하나님을 깊이 그 예수님을 내 삶 속에 지금도 인정하며 깊게 만나고 있는 것인지...??

살아계신 예수님을 더 알아가면서 나의 삶이 변화되어가고 있는 것인지...??

물론 가정 내에서 부모님에게 받은 온갖 상처와 쓴 뿌리가 있다고 하더라도... 부모님 역시 사랑이 필요하시고 또 그 분들의 부모님들에게서 받으신 상처와 쓴 뿌리들이 고스란히 나에게도 전이가 되기에... 그 분들 또한 피해자이신 것이다. 그렇다면 내가 나의 이 대 이 모든 가정과 가족 가운데 흐르는 저주들을 끊어내고 다시금 새롭게 새로운 피조물로 변화되어 가야 하는 것이다.

내 마음에 중심이 정말로 하나님을 향하고 있었던 것인지...

그랬다면 벌써 나를 통하여 복음이 하나님의 생명의 빛이 가정 가운데 흘러 들어 갔어야 하지 않았을까...

다윗이 죄를 범하고 나서 하나님께 고백한 내용이다...

"내 안에 정한 마음을 새롭게 하시고 성령을 거두지 마소서...!!!"

하나님 사랑하는 마음에서 모든 것을 행동하는 것이 되기를 바라고,
하나님과의 관계가 막히지 않기를 ...

"하나님이여 내 속에 정한 마음을 정직한 마음을 새롭게 하소서.. 나를 주님 앞에서 새롭게 하시고 성령을 거두지 마소서..." 성령의 임재가 사라져 버린

이 내면의 간구를 위해 하나님께 부르짖습니다. 충만했던 하나님과 나와의 관계가 다시 회복되기를 진정 간구드립니다.

쓸데없는 안정감.. 내가 죽어가면서도 괜찮다고 하는 ... 이러한 신앙의식 버리고..
다시금 하나님과의 첫사랑을 회복해야 한다.

4대 교회가 결단했던 중심으로 다시 돌아가야 한다. 회개하고 예수님을 믿었을 때, 세상 죄를 끊어버리고 오직 예수님만이 내 중심이 되기를 전심으로 간구해야 한다.

남은 것까지 죽기 전에 죄를 끊어 버리고 다시 하나님께로 돌아오라고 하심..

긴밀한 내면적 흐려짐에서 얽히고설킨 것들 끊어버리고 다시금 회복하라고 하심.. 하나님께서 슬퍼하시는 것들 끊어버리고 회개하라...!!

주님 앞에서 나를 멀리하지 마시고, 주님의 뜻대로 살기를 원합니다.
하나님과의 관계회복... 회개하라... 하나님 앞에 바로 서기를 원합니다...

누가 말해도 그게 맞다면, 회개해야 한다.
그러나 그 상태 유지가 목적인데, 맘대로 살면서 괜찮다고 스스로 위로하지 말아라.

> "두 손 들고 찬양합니다. 다시 오실 왕 여호와께 오직 주만이 나를 다스리네...

나 주님만을 섬기리.. 헛된 마음 버리고.. 성령이여 내 영혼..
충만하게 하소서...
주님 앞에 내 생명 드리리라. 두 손 들고 찬양합니다. 다시 오실 왕..
여호와께...
오직 주만이 나를 다스리네.. 나 주님만을 섬기리.. 헛된 마음 버리고..
성령이여 내 영혼 충만하게 하소서... 주님 앞에 내 생명 드리리라.

## 4. 내가 최고다

지 씨는 콩쿠르를 준비하는 후배들에게도 '자신감을 가지라'며 조언을 건넸다. "성악은 몸이 악기이기 때문에 현재 느끼는 감정이 노래에 그대로 드러나요. 자기에 대한 확신이 없으면 노래도 잘 불러지지 않죠. 본인 스스로 노래가 잘 되지 않는다고 생각해도 당당하게 불렀으면 좋겠어요. 다른 사람 노래에 위축되지 말고 자신의 노래에만 집중하고 무대에서만큼은 '내가 최고다'라는 최면을 걸면 어느 순간 바뀐 자신을 보게 될 겁니다. 콩쿠르를 준비하는 후배들이 있다면 꼭 전하고 싶어요"

- 콩쿠르 당선자의 소감문 중에서

## 5. 사랑하는 나의 아빠께

아빠에게 하지 못한 말들이 너무나 많아서 이렇게 글로 남기게 되었어요.

먼저 그동안 키워주시고 양육해 주신 은혜와 사랑에 깊이 감사드립니다.

아빠와 많은 대화를 나누지 못했던 것이 항상 마음에 남아있어 언젠가는 이런 기회가 온다면 허심탄회하게 속에 있는 말들을 하고 싶었어요

아빠가 너무 바쁘셨기에 ... 그리고 그 바쁨이 저희들을 위한 것이라는 걸 너무나도 많이 느끼고 알았기에... 그래서 저는 더 열심히 공부해서 아빠의 그 헌신적인 사랑에 어떻게든 보답을 하고 싶었답니다...

어쩌면 지금에 와서 돌아보니, 아빠의 그 헌신적인 사랑과 희생의 마음과 노력들이 없었다면 오늘의 저도 있지 못했을 거라는 생각이 드네요..

최근까지도 저는 전임교수가 되기 위해 최선을 다해 준비하고 좋은 결과로 꼭 아빠의 그동안의 고생을 눈 녹듯이 녹여드리고 싶어 했는데...

앞으로 더 열심히 노력해서 더 좋은 모습 보여 드리도록 할께요^^

그 무엇보다도 저는 아빠의 여생이 평안하고 행복하시길 간절히 기도드려요.. 그동안 못 누리신 것들 다 누리시고, 맛난 것도 많이 드시고, 좋은 행복한 시간들 많이 보내시길... 간절히 기도드립니다.

아빠 기력이 빨리 잘 회복되셔서 아빠와 함께 산책도 하고 담소도 나누

며 좋은 시간 보낼 날들을 손꼽아 기다리고 있으니, 아빠 힘내세요! 화이팅입니다!!

아빠에게 하나님 아버지의 사랑과 은혜를 전해 드리며, 아빠가 하나님의 존귀한 자녀로서, 사랑받는 아들로서 더욱 평안과 기쁨을 누릴 수 있게 되길 또한 두손모아 기도드립니다. 사랑하고 감사드립니다!!!

퇴원 후에는 더욱 더 건강하시고, 엄마와 즐겁고 해피한 좋은 나날들로 채워 가시길 기도드립니다.

2020. 4. 30
사랑하는 아빠 딸 주은 올림.

## 6. 예수님의 심장소리

예수님께서 통곡의 방에서 눈물로 기도하시며 우리를 위해 오늘도 중보하고 계시기에 우리는 결코 넘어질 수 없습니다...

하나님의 그 사랑, 예수님의 우리를 향하신 뜨거운 심장 소리를 들을 수만 있다면 우리는 그 사랑에 녹아 그 어떤 어려움도 모두 능히 극복할 수 있으리라 믿습니다.

예수님께서는 우리를 붙드신 그 손을 결코 놓으시지 않으십니다.

## 7. 주님 사랑에 빚진 자

이번 청년 수양회에서 스티브 포스 목사님의 영을 깨우는 말씀과 기적의 치유들을 통하여 주님의 저희를 향하신 사랑의 확증을 얻어 더욱 감사하고 좋았던 것 같습니다...

저에게 중국 국가 정부 장학금 수혜의 특혜를 베풀어 주신 주님의 놀라우신 사랑에 다시 한번 더 감사드리며 모든 영광과 존귀와 찬양을 올려 드립니다.

주님의 저희를 향하신 사랑의 그 넓이와 깊이와 높이는 말로 다 형용할 수 없고 또 주님의 저희를 향하신 그 사랑에 빚진 자로 항상 겸손한 마음으로 주님 사랑하며 더 큰 갈망 가운데 나아갈 수 있기를 기도 드립니다...............!!!

중국 국가 정부 장학금을 3년 전액 받는 조건으로 중국 박사과정에 유학을 가게 되었습니다. 주님의 놀라우신 역사하심과 특혜로 가게 된 것이라 생각하며 이 모든 것이 주님의 은혜임을 믿음으로 고백합니다. 저의 돌파 간증이 이 글을 읽는 분들에게 조금이라도 도움이 되고 도전이 될 수 있기를 기도드리며 여러분들도 이보다 더한 주님의 초자연적인 역사하심을 경험할 수 있게 되길 소망합니다. 제가 유학을 준비하면서 참으로 많은 일들을 경험케 하셨는데 그 무엇보다도 주님이 함께 하시고 저의 모든 길들을 예비하고 계셨음을 깨닫게 하시고 체험케 하심을 감사드립니다. 긴 내용이 될 수도 있는데, 1)~8)까지를 나름 정리해서 올려 봅니다. 참고로, 짧은 시간에 정리를 하게 되어서 많이 부족하더라도 양해 바랍니다.

1) 주님의 인도하심

ㅇ 우연한 기회에 교수님의 소개로 워크샵에 참석.

ㅇ 워크샵 종강 때 당시 강사님으로 오셨던 중국 교수님이 내가 가게 된 학교의 과를 추천해 주심.

ㅇ 혼자 힘으로 다 알아보고 서류를 준비해서 발송(준비하면서 정보가 없어서 어려움들도 많았지만 말씀 (당시 기본기 잠언의 말씀) 에 의지해서 여러 유혹의 시험들을 물리침

ㅇ 서류 발송 시 시간이 촉박하여 수취인의 이름을 알아 볼 시간이 없어서 그냥 유학 담당자 앞으로 보내게 되었는데, 운이 좋게도 나를 추천해 주시게 된 분(중국인)과 연결 됨.

=> 후에 알게 되었지만 그 분이 나를 중국 국가 정부 장학금 수혜자로 적극 추천한 것으로 느껴짐

=> 서류 발송하면서 계속 주님이 이 서류와 함께 해 달라고 간구를 드리게 되었고 또 직접 환상 가운데 주님이 손에 서류를 들고 함께 비행기 타고 가고 계심을 영으로 느낌~!!^^

2) 초자연적 능력 (지혜와 계시의 영)

ㅇ 예언적인 꿈을 통하여 계속 알려 주심

① 서류 발송 후, 중국 박사과정을 마치고 돌아온 선배와 손잡고 거니는 꿈

② 중국에서 박사과정을 밟고 있는 유학생 부부네 집에 초대받음

③ 교수님과 학생들이 모교로 줄지어 들어가는 꿈

④ 대학교 총장님이 꿈에 나오심

⑤ 발표 기다리면서, 가방을 들고 어느 곳을 가려고 준비하는 모습이 꿈에 나타남

⑥ 수영장에서 맘껏 수영을 하는 모습 (꿈속에서 성령의 영으로 함께

하는 느낌이 듬)

⑦ 어머님의 꿈 : 초상집의 화장 연기가 갑자기 맑은 날로 바뀌면서 두 개의 묘가 나란히 멋있게 장식되어 있음이 꿈으로 보여 짐.

ㅇ 예언의 말씀을 통해서도 계속 알려 주심

(=> 결국 주님이 행하신 일들을 통해 예언을 온전히 신뢰하게 됨)

* 작년에 간사님께서 예언 해 주실 때 자매님 혹시 외국에 나갈 계획이 있으신가요? 라고 물으셨고 외국에 주님이 예비하신 축복이 있는데 왜 가서 취하지 않느냐고 하셨다.

* 올해 초 또 같은 간사님을 만나게 하시며 확증을 받게 됨

① 예언 사역하시는 분이 나의 얼굴 표정을 살피시고는 자매님은 지금 예언의 말씀이 필요한 게 아니라, 상담이 필요한 것 같다고 말씀하시며 상담과 예언을 같이 해 주셨는데, 하나님은 자매님에게 특별히 세우시고 인도하시는 부분이 있는데 초자연적으로 인도하여 주실 것이라 하심. => 이 때부터 초자연적인 인도하심을 생각하며 믿음으로 간구하게 됨.(그때 나는 넘 절실해져서 시원한 대답이 안 나오면 변애경 목사님 찾아뵙고 내가 과연 중국에 가야 하는지 상담을 받고 확증을 받으려고까지 했다.^^;;)

② 새벽 미명에 주님의 영광의 빛이 비춰오고 있다고 하심. 어둠이 짙을수록 그 영광의 빛이 더 가까이 다가오고 있으며, 그 영광의 빛이 더욱 밝게 넓게 비춰질 것이라고 하심. 지금 기도하는 기도제목이 주님께 합당한 것이라 하십니다. 주님이 마치 승진과도 같은 영광으로 임하셔서 그동안의 억울함까지 풀어지게 될 것이라 하심.

③ 새끼 손가락을 보여 주시는데, 새끼 손가락은 주님의 약속을 뜻합니다. 주님은 꼭 약속을 성취하시는 분이시며, 곧 그 약속의 성취를 경험하게 될 것입니다.

④ 믿음의 성취를 하시게 되어 그 믿음의 성취로 다른 것들도 성취하는 법을 깨닫고 알게 될 것이며, 다른 이들에게도 간증하게 될 것입니다.

⑤ 제겐 마치 작대기 게임을 보게 하시는데, 쉽게 넘게 되어 다른 이들에게도 그 방법을 알려 주게 될 것입니다.

⑥ 중국으로부터 응답을 기다리고 있는 시점에서, (사실 6월 말까지 아무 연락이 없어서 안 된 것은 아닌 가 내심 불안 &초조해 하고 있을 때) 하나님께서 선물 꾸러미를 준비하고 계십니다. 지금 응답이 내 생각보다 늦어져서 초조해 할 수도 있지만, 주님의 그 선물 뒤에는 주님의 크신 사랑이 숨어 있음을 느끼고 경험케 되실 것입니다.

⑦ 아주 넓은 땅에서 설레임으로 씨앗을 뿌리고 있는 모습이 보여 지며, 그 씨앗을 주님의 사랑으로 품고 키우며 추수하는 모습이 보여집니다. 사다리를 타고 올라가는 모습도 보여지는데, 믿음의 승리를 이루게 되어 다른 이들에게도 그 방법을 알려 주게 될 것입니다. (대부흥과 대추수에 쓰임 받기를 믿음으로 간구드리며, 감사드리게 됨)

○ 합격소식을 듣고 나서

⑧ 아이들과 관련이 있는 일을 하시나요? 네 저는 가르치는 일을 하고 있습니다. 가르치는 은사가 뛰어나며 그것으로 인해 주님께서 매우 기뻐하심을 느낍니다. 앞으로 더욱 더 그 영역이 확장이 될 것이며, 그 가르침의 탁월한 은사로 가르치는 것 뿐 아니라 한 영혼 영혼을 품고 기도하게 될 것임을 알게 해 주십니다. 주님의 사랑으로 그들을 마치 어머니처럼 품고 사랑할 텐데 더욱 주님과 친밀해 져서 주님의 세세한 지혜까지 구하게 되시길 바랍니다.

⑨ 혹시 글을 쓰는 것을 좋아하시나요? 멀리 산이 보이는데 주님과의

더욱 더 친밀함을 경험하게 되면서 글을 쓰게 될 텐데 그렇게 되면 한 꺼풀 한 꺼풀 숨겨져 있던 것들이 드러나게 될 것입니다.

=> 고맙다고 인사하고 일어서려고 하는데, 간증게시판에 꼭 글을 남겨서 저희에게도 알려 주시길 바랍니다. (완전 신기하면서도 놀라웠다...!! 이로 인해 그냥 주위에 나를 아는 또 만나는 사람들에게 말로 전하려 했지만 글로 남기기를 원하시는 확증으로 느껴져서 이렇게 간증 게시판에 올리게 되었다...^^)

⑩ 얼마 전 청년부 예배때 추첨으로 당첨이 되어 같은 셀원들과 함께 예언을 받을 수 있는 기회를 가지게 되었는데, 주님과 함께 자전거를 타고 여행을 하고 있는 모습이 보여지며, 페달은 주님이 밟고 계시고 나는 뒤에서 주님과 같은 시선으로 사물들을 바라보며 사람들을 바라보게 될 것이며 더욱 더 주님의 시각으로 사람들을 보는 영역이 깊어지게 될 것이라고 말씀해 주심

=> 셀원의 해석을 통하여 그 많은 교통수단 가운데 자동차도 아닌 자전거가 나왔음은 중국을 상징하는 것 같다고 하여 더욱 놀라게 되었음.

3) 믿고 구함 (믿음의 선포)

ㅇ 계속적인 예언적인 꿈과 예언의 말씀을 온전히 믿고 신뢰하며 날마다 생각날 때마다 믿음의 선포를 함.

=> 나는 할 수 없지만, (나를 바라보면 도저히 희망이 없지만), 주님은 꼭 이루어 주실 것이라는 믿음이 내 맘 가운데 들어오기 시작하며, 맘이 약해지거나 시험이 들 때마다 강하게 믿음으로 선포하며 나아감.

ㅇ 믿음의 사람들 (나를 추천해 주신 교수님과 셀장님과의 대화 속에서도 될 거라는 믿음이 생김.)

=> 셀장님 왈, 주님의 호의와 기름 부으심이 얼굴에 가득하다고 말해 줌.

예언 사역자가 말씀 해주신 기름 부으심이 주님의 영광이 얼굴 앞에 가득하다고 말해 준 것과 동일해서 더욱 믿고 신뢰하게 됨.)

4) "한 영혼이 천하 보다 귀하다..."

ㅇ 손수건 안수식 때 생명을 연장해 달라는 의미로 친척분께 손수건을 전해 드린 이후 생각을 못하고 있었다. 영접기도를 시켜 드리려고 차일피일 미루는 사이에 부고를 전해 듣게 되고 나는 심한 자책감과 함께 크리스챤으로서의 책임감을 느끼고 내 자신을 깊이 돌아보고 회개하게 됨.

ㅇ 친척분의 일로 인해 한 영혼이 천하보다 귀하다는 주님의 말씀을 더 깊이 깨닫고 회개하는 일이 일어남. 그 동안의 내 삶의 목적이 영혼 구원과 사랑이 아니었음을 철야 기도에서 오랜 시간 고개도 못 들고 자리도 못 뜨면서 회개하고 또 회개케 하심.

=> 그 당시 나의 꿈은 선교사가 되는 것이었을 정도로 맘이 많이 아프고 회개하는 맘에 너무나 힘들고 괴로웠다. 하지만 변목사님의 주일 설교 말씀 중 어머님이 꿈에 나오셔서 효도를 하는 방법이 지금 내가 더욱 주님을 사랑하며 주님이 기뻐하시는 그 일을 하는 것이라는 말씀에 많은 위로가 되고 도전이 되어 다시 마음이 회복되기도...

5) 치유 (& 자유케 됨)

ㅇ 중국으로의 발송 서류가 잘 도착이 되지 않은 것 같다. 확인해 보라는 내가 지원한 과의 담당자 메일을 받게 된 것을 계기로 40일 금식기도에 들어감 (당시 『기도와 금식의 놀라운 권능』이라는 책을 읽게 하심.)

ㅇ 금식에 들어가면서 주님은 나의 허물과 불순물들을 보게 하셨고 그로 인해 맘도 많이 아프고 힘들었다. 예를 들면 그동안 그다지 중요

하게 생각하지 못했던 부모님께 대한 불순종부터 나의 연약함과 문제투성이, 상처투성이의 나의 모습을 보게 하심.

=> 아프지만 인정케 하심

유학을 준비하면서 인간적인 시험이 너무 많아서 기도원에 가게 되었다. 그곳에 도착하자마자 목사님이 "인간은 원래가 손익을 따지는 존재이며, 죄인인데... 어떻게 죄인인 인간을 믿느냐" 라고 강하게 말씀하심.

=> 금식 20일이 되는 때였던 그때, 몸과 마음이 너무나 많이 아파 시름시름 앓고 있었는데, 중보철야예배에 와서 기도하면서도 계속 아팠었던 것이 새벽 3시나 4시쯤 되었을 때 깨어나 정신이 참으로 맑아 옴을 느끼게 됨. 일어나 주위를 둘러보니 사람들의 모습들이 마치 모두가 죄인(여러 죄의 문제들로 신음하며 아파하는 모습들을 보고 느끼며, 이 세상에 예수님을 보내실 수밖에 없었던 주님의 크신 사랑을 깨닫게 하심.)

=> 십자가를 바라보며 주님의 사랑에 눈물을 흘리게 됨. 그러면서 가족들 한 영혼 한 영혼을 주님 앞에 올려 드림. 갑자기 친척 분 생각이 나서 그 분을 위해 기도하게 됨) ***

○ 주님의 보혈의 능력을 신뢰하게 됨

인간적인 시험과 사단의 공격 가운데서 주님을 붙잡고 기도하려 하다가 순간 예수님을 처음 만나게 된 액자가 생각이 나서 그 액자를 꽉 껴안고 기도를 간절히 하게 됨.

=> 아무 흠이 없고 죄가 없으신 예수님이 채찍질을 맞을 수밖에 없었고 피투성이가 되신 예수님의 모습이 꼭 현재의 상처투성이인 나의 모습과 같다고 생각하게 됨

=> 그가 찔림으로 인해 우리가 낫게 되었다는 주님의 말씀이 생각이 남.

=> 죄 가운데 있는 우리들을 위해서 예수님을 이 땅 가운데 보내실 수밖에 없었던 주님의 그 깊으신 사랑이 느껴져서 많은 눈물을 흘리게 됨.

***** 주님을 처음 만나게 된 그 액자 사건 *****

내 인생에 있어서 최초로 눈물 젖은 국수를 먹은 그 때, 한 음식점에서 보게 된 액자인데 중국의 한 오지를 걷던 사진사가 주님이 살아계시면 알게 해 달라고 하자 지금 즉시 사진을 찍으라고 해서 찍은 사진 속에 눈이 얼고 녹은 모습들이 예수님의 형상과 같음.

*** 안수 및 선포 기도 ***

○ 이제 다시는 사람들을 의지하지 않고 주님 한 분만을 온전히 의지하며 나아가겠다고 결단하면서 집회에 가게 됨 (내 영이 너무나도 기뻐함을 느끼게 됨)

○ 그 집회에 들어서면서부터 내 영이 계속 울고 있었고 그 날 선포하시는 선교사님의 모든 말씀이 꼭 주님이 내게 하시는 말씀으로 느껴져서 눈물이 계속 흘렀다... 그러다가 갑자기 선교사님이 내 곁으로 오셔서 나를 불러 옆으로 세우시고는 하시는 말씀이 "오늘 주님이 자매님을 온전히 치유하시겠다고 하십니다. 자매님은 이제 치유되어 새롭게 변화될 것입니다..." 라 하시면서 강하게 안수해 주셨는데 나는 쓰러지게 되었고 그 쓰러져서 소리 내어 우는 가운데도 선교사님이 내게 자매님은 중국에 가게 될 것이며 그 땅에서 큰 일을 행하게 될 것이며 수많은 영혼들이 자매님을 통하여 주님 품으로 돌아오게 될 것임을 믿음으로 선포해 주셨다. 그 전에 선교사님으로부터 중국 땅에 가게 될 것임을 계속 듣게 되었고 그 곳에서 사역자를 만나게 될 것이며, 사역을 돕게 될 것이라 하셨다.(3번이나 중국에 가게 될 것임을 알려 주심)

○ 그 날 간증을 통하여 또 선교사님의 간증 후 해석을 통하여, 내 안에 한

영혼에 대한 소중함과 사랑하는 마음으로 인해 순교까지도 생각할 것이라 말씀해 주셨고 (이렇게 함으로써 오늘 또 한명의 선교사가 탄생되는 것이라 말씀해 주심.)

=> 나중에 합격소식 전하고 나서 간증할 때, 나는 상처가 많은 사람이라고 처음부터 고백할 수 있었던 그 순수하고 겸손한 마음으로 인해 주님이 기뻐하신다고 말씀해 주심

=> 어린아이와 같은 순수한 마음과 겸손함을 많이 칭찬해 주심

*** 주님의 부르심을 받은 가장 아름다운 신부 ***

생각보다 응답이 늦게 와서 안된 것으로도 생각했는데, 이런 일이 있고 나서 내 영으로 주님께 올려 드린 고백 '만약 중국 정부에서 저에게 장학금 혜택을 주신다면, 제가 주님 사랑에 빚진 자로서 중국 땅과 그 영혼들을 위해 열심히 중보하겠습니다... 제가 중국에게 갚을 수 있는 길은 그 방법밖에 없는 것 같습니다...' 진심으로 올려 드린 그 영의 고백을 주님이 받으신 며칠 후에 응답이 옴.

=> 당시 난 이 세상 어느 누구보다도 기쁜 주님의 가장 아름다운 신부로 부르심을 받은 것으로 확증을 받게 되었음... 감사!! &또 감사 드립니다...!!!

6) 심고 거두는 법칙

ㅇ 당시 나의 상황 가운데 무리라고 생각했던 선교비 헌금을 내게 되었는데, 이로 인해 더 큰 복을 받게 됨.

ㅇ 역시 주님은 우리가 심은 만큼 또 그 이상으로 거둘 수 있게 하여 주시는 분임을  알게 하심

ㅇ 순수한 마음의 동기로 드려지는 그 마음의 중심을 보시고 역사하심

을 깨닫게 됨.

ㅇ 주님의 사랑과 호의가 실제적인 삶 가운데 나타나며 기적까지도 경험케 하심

7) K 교회 & 목사님께...

ㅇ 나름의 댓가지불이 있었지만 K 교회로 인도하여 주신 주님께 깊은 감사를 올려 드립니다. 이 곳에서 제대로 된 진리의 말씀을 통하여 제 영이 더욱 주님을 알게 되고 더욱 사랑하게 되고 그 무엇보다도 초점을 주님께 맞출 수 있도록 계속해서 깨닫게 해 주셔서 진정 목사님께도 감사를 드립니다...

저는 물론 학업의 목적으로 가지만, 주님이 저에게 경험케 하신 일련의 사건들을 통하여 제 마음은 제 영은 이미 선교사의 사명으로 그 땅을 밟고자 합니다. 잃어버린 양을 찾기 위한 주님의 그 애타는 심정으로 주님의 심장을 가지고 그 땅을 밟고 싶습니다. 제가 밟는 그 중국 땅 가운데 주님이 함께 동행하여 주시고 친히 계시하여 주셔서 제가 만나는 한 영혼 한 영혼에게 주님의 사랑을 전할 수 있게 되길 진정 소망합니다. 학업과 함께 병행하기가 쉽지는 않겠지만 저의 선교자적 소명의식과 사명감으로 전하기 위해 노력할 것입니다. 중국 땅을 위해서도 계속 중보기도 부탁드립니다.

제가 가게 되는 상해는 국제적인 도시이지만 오히려 그렇기 때문에 더욱 주님의 임재가 필요한 곳이라는 생각도 듭니다. 상해에 K 교회가 생길 수 있게 되길 계속 기도할 것이며, 마지막으로 K 교회에 와서 주님과 행복했던 시간들을 경험케 하시고 제가 존경할 수 있는 많은 좋은 목사님들과 사역하시는 분들을 만날 수 있는 축복을 허락하신 주님께 감사를 올려 드

립니다.

담임 목사님의 건강과 K 교회의 부흥과 주님이 앞으로 행하실 많은 일들을 기대하며 저 또한 이국땅에서 열심히 중보 하겠습니다. 이렇게 긴 저의 어눌한 입으로 고백한 간증문을 읽어 주신 분들께도 감사를 전해 드리며, 항상 건강하시고 가정에도 하시는 일 위에도 주님의 은총과 축복이 가득하시길 기도드립니다.

8) 중보해 주세요...!!! (기도 제목)

1. 중국 땅으로 인도하신 주님의 섬세한 보호하심 가운데 주님과 더욱 친밀하게 교제하길 원합니다.
2. 만남의 축복을 주시고 성령님의 음성을 잘 분별하며 인도하심 가운데 순종하기를 원합니다.
3. 학업과 생활 가운데 지혜 주셔서 잘 하고 건강 잘 지키며 잘 지낼 수 있기를 기도 드립니다.
4. 그 곳에서 주님을 깊이 만남과 동시에 만나는 영혼들을 사랑으로 섬길 수 있게 되길 원합니다.
5. 중국 땅과 그 영혼들을 위해 지속적으로 중보하길 원합니다.

=> 저는 주님 사랑에 빚진 자로 중국에 가게 되었습니다. 영혼 구원과 사랑이 우선순위임을 영으로 깨닫게 해 주셔서 감사드립니다. 제가 만나게 되는 한 영혼 한 영혼을 사랑으로 섬길 수 있도록 또 중국 땅과 그 영혼들을 위해 지속적인 중보 부탁드립니다. 마지막으로 믿지 않는 저희 가족들을 위해서도 계속 중보 부탁드리며, 제 간증문을 읽으시고 주님의 사랑을 조금이라도 더 느낄 수 있게 되길 또 특히 저와 같은 상황 가운

데 계시거나 저와 같은 문제로 고민하고 계시는 분들께 조금이나마 도움이 되기를 바라는 마음에 이렇게 올리게 됩니다. 주님께 모든 감사와 존귀와 영광을 올려 드립니다. 긴 내용을 끝까지 읽어 주셔서 감사합니다.

중국 유학 가기 전에 가족들과 함께 승선한 배 안에서 한 컷!^^
(중국에 가 있는 동안에 우리 가족들을 하나님께 맡겨 드립니다...!!)

## 8. 중국 南宁을 다녀와서…

4월 28일부터 5월 1일까지 상해 H 연합교회 청년부에서 중국 난닝을 다녀왔다. 가기 전 여러 가지 우여곡절들이 많이 있었지만 주님은 언제나 우리 편에서 앞서서 먼저 도와 주시는 것 같아 많이 감사드려요…^^

비행기를 타고 약 2시간 40분 남짓 걸러 난닝 역에 도착해서 김선생님과 만남을 갖고 역으로 마중 나온 몇 명의 난닝 친구들과 함께 차를 타고 다시 우리가 첫날 묵을 숙소로 향했다.

첫날의 숙소는 호텔식 방으로, 기내에서 빵을 먹어 약간은 굶주린 배를 채우기 위해 삼삼오오 모여 라면을 먹고선 각자의 방으로 흩어졌다.

둘째 날 우리 상하이 팀 청년들과 난닝 팀 청년들은 함께 모여 차를 타고 우리가 함께 예배할 별장으로 향하기로 되어 있었는데, 우리의 예상과 달리 난닝 팀 청년들은 참으로 밝고 자유한 느낌이었다. 처음에 다소 어색할 수도 있었는데 옆자리에 함께 앉아 인사를 나누며 교제를 하기 시작했고 그들의 마음들도 우리에게 많이 열려 있는 듯 했다. 오히려 우리 쪽에서 무덤덤하게 느껴질 정도로 그들의 우리를 향한 마음이 따뜻하고 밝고 순수하게 느껴졌다.

별장에 도착해서 짐을 정리하고 난 혼자 잠깐 우리가 함께 예배하고 나눔을 가질 장소 주변을 돌아보기 시작했다. 별장에서 나오면서 강렬한 태양의 빛과 함께 하나님의 사랑이 느껴져서 넘 감사했고, 무언가 내 마음이 주님의 따스한 사랑으로 충만하게 채워지는 느낌이 넘 좋았다. 그 동안 중국을 품고 기도하는 마음을 주셨는데 이 난닝 땅도 이미 주님의 땅임을 확신하게 되었고 더불어 큰 중국이란 나라가 내 품에 안겨지는 그러한 느낌도 내 맘 속에 자리하게 되어 지금도 그 느낌이 남아 지워지지 않는다… ^^

예배당 셋팅을 하고 찬양자의 인도로 시작된 우리의 찬양은 시작부터 뜨겁게 느껴졌다. 출발 하루 전날에 함께 모여 중보기도를 강하게 해서인지 처음시작부터 느낌이 참 좋았던 것 같다. 나 개인적인 기도제목 가운데 '중국을 품는 마음에 확신과 기쁨을 더해주세요' 라는 것이 있었는데 그래서인지 찬양 가운데도 함께 하시는 주님을 느낄 수 있어서 좋았고 특히 중국 난닝 청년들과 함께 하는 찬양을 주님이 더 기뻐하고 계시는 것 같아 더 기뻤다. 이제는 우리들끼리 모여 찬양하는 것은 왠지 2% 부족한 느낌이 들 것 같다. ^^ 찬양 가운데 함께 하여 주신 주님께 감사를 올려 드리며, 찬양과 함께 내 마음 속에 무언가 허전했으면서도 그 허전함의 이유를 잘 몰랐던 이유를 알게 해 주셔서 더욱 감사 드린다.

C 목사님의 설교 강의 첫 번째 주제는 우리가 어떤 존재인지 우리의 존재에 대해서 창조의 원리와 함께 명강의^^가 시작 되었는데… 말씀을 들으면서 우리가 이 땅에 살면서 하나님이 우리에게 부여해 주신 하나님의 자녀로서의 권세 회복과 사단에게 빼앗겨 있는 것들에 대한 자각이 생겨나기 시작했던 것 같다. 또한 하나님의 형상으로 다시 회복되어야 하는데 우리 안에 견고한 많은 진들이 있어서 그러한 것들을 방해하고 있음을 깨닫고 이러한 것들을 타파하는 기도가 두 번째 강의 내용과 함께 이어졌다.

우리 안에 하나님의 자녀로서 이 땅을 살아갈 수 있는 특권과 권리가 주어졌음에도 불구하고 이것을 자각하지 못한 체 여전히 안일한 태도로 살아가고 있는 우리의 모습들에 대해 회개하는 마음들이 일어났다. 또한 우리 안에 하나님의 형상으로 회복됨을 방해하고 있는 견고한 진들에 대한 타파와 이를 위해 함께 모여 나눔을 가지며 중보 하는 가운데 치유와 회복의 시간도 되었던 것 같다.

특히 나에게는 개인적으로 C 목사님의 설교 강의가 있는 날 새벽에 일찍 잠에서 깨어나게 되었는데, 가슴에 무언지 모를 답답함이 밀려와서 견딜 수가 없었었던 것 같다. 왜 그런지 목사님께 상담을 받아 보아야 될 것 같은 생각도 들었고 암튼 중국어로 먼쓰러 (답답해 죽을 것 같은 지경) 이였다. 하지만 C 목사님의 설교 강의를 듣고 마지막에 보여 주신 동영상 (하나님 아버지가 우리에게 보내 주시는 편지글) 내용에서 내 마음의 샘을 건드리는 내용이 있었었고 그로 인해 계속 눈물이 흘러 내리기 시작했다. 그리고 이어서 부른 찬양 (아버지 사랑합니다. 아버지 경배합니다. 아버지 채워주소서. 당신의 사랑으로…!!!) 가운데 주님이 내게 주신 마음은, 내 안에 여유가 없었음을 느끼게 하셨고 그 동안 아버지에게 잘 보이고 아버지 일들을 한답시고 이리저리 분주함 가운데 마음의 여유도 평안도 없이 바쁘게 살았던 그리고 지금도 여러 가지 일들로 인해 마음에 여유가 없이 지냈던 내 자신을 돌아보게 하셨는데… 하나님 아버지가 우리에게 바라시는 건 단 한 가지… 그냥 "아버지"라고 부르는 그 말 한마디를 그렇게도 듣고 싶어 하셨던 것이다. 그 "아버지"라는 단어 그 한마디를 우리들은 하지 못하고 아버지를, 우리의 아버지를 우리가 찾기만 하면 아버지는 다 해 주시고 위로해 주시고 사랑해 주시는데 왜 우리는 그렇게 하지 못했을까 아니, 그렇게 하지 못하고 살아가는 것일까 하는 귀한 깨달음과 함께 주님의 따스한 위로와 사랑이 느껴졌다. 그렇다 !!! 우리에게 주님이 계셔서 "아버지"라고 부를 수 있는 주님이 계셔서 넘 감사하고 넘 좋다.!!! ^^

우리 인간은 한없이 어리석어서 신앙생활을 오래하였다 하여도 순간순간 우리는 너무나도 쉽게 주님의 존재를, 우리의 아버지를 잘 잊어버리고 사는 것 같다.

우리에게 지금 당장 필요한 그 무엇이 없다고 불평하고 왜 내게는 이러한 것들을 주시지 않으시는지… 왜 나에게 이러한 상황에 처하게 하시는지… 우리 안에 계시는 주님을 매 순간순간 의식하고 느끼고 함께 함을 사모하며 살아간다면 우리에게 문제될 것이 없는데… 우리는 그저 그 분의 말씀에 순종하며 그 분의 뜻 가운데 그 분의 인도하심 가운데 살아가면 그 분이 우리의 아버지가 되어 주시기에 바람막이도 되어 주시고 우리의 길도 안전하게 인도하여 주시는 데… 왜 우리는 헛된 바램과 욕망 속에서 안정을 찾지 못하고 이리저리 방황하고 내 힘으로 잘 안 되는 것들도 해 보려고 안간힘을 써보고 그러다 잘 안되면 거기서 좌절하며 주저앉아 아파하고 힘들어 하고… 그러한 우리 인간의 모습들을 주님은 얼마나 안타깝게 바라보고 계실까… 주님은 그저 우리가 주님 앞에 나아가 어린아이 처럼 "아빠" 라고 불러 주시는 그 말 한마디를 그렇게도 원하고 계신데… 그저 그것 뿐 이신데…. 그리고 그 안에 모든 답들이 있는데… 왜냐면 그 분은 우리의 아빠, 못할 것이 없으신 우리의 아버지 시기에…..

이러한 깨달음이 내 안에 생겨나면서 계속해서 흘러 내리는 눈물을 주체할 수가 없었다. 조별 나눔 가운데도 계속해서 흘러 내리는 눈물로 인해 목이 메어 말을 잘 이어갈 수가 없었지만 함께 했던 조원들에게도 이러한 마음이 조금이라도 전해지게 되어서 많이 감사했다.

첫째 날 저녁시간에 김선생님의 말씀 강의를 듣고 이어서 상하이 청년들과 난닝 청년들의 공연 (아카펠라, 차력, JJ 공연, 연극 등…) 이 있었는데… 함께 보면서 가슴 벅찬 감동이 밀려 오기도 했다. 그리고 마지막 날 저녁에 새롭게 리더로 세워진 다섯 명의 형제들의 세례식과 세족식… 또 이브닝 파티^^… 등 함께 나누며 울고 웃었던 시간들을 잊지 못할 것 같고 또한 '함께 함'에 대한 소중한 마음과 기쁨과 서로를 향한 사랑의 마음들이 느껴져서 넘 좋았고 또 감사했다.

듣기로는 처음에 이 곳에 모인 친구들도 몇 명 안되었는데 이렇게 되기까지 주님이 함께 하시고 또 김선생님과 목사님의 헌신과 섬김이 있으셨기에 가능했다는 생각이 들어서 더욱 주님께 감사하게 되었다. "눈물을 흘리며 씨를 뿌리는 자는 기쁨으로 거두리로다" 라는 성경 말씀도 있는 것처럼 하나의 작은 씨앗이 피어나 이렇게 풍성하게 열매를 맺을 수 있구나 하는 생각을 하게 되었고, 이번 난닝 단기 여행에 함께 하여 주신 주님께 이 모든 기쁨과 감사와 영광을 올려 드립니다. 그리고 그 곳에 계신 난닝 청년들과 김선생님 가운데 주님이 함께 하여 주시고, 오는 비행기에서 올려 드렸던 기도 제목처럼 난닝 땅을 또 우리 난닝 청년들을 하나님께서 축복하여 주실 것을 믿음으로 고백합니다.!!!

준비하느라 여러 가지로 섬겨주신 모든 분들과 물질적, 정신적으로 기도해 주시고 후원해 주신 모든 분들께 감사의 말씀을 전해 드리며 C 목사님께 전해 드린 기도 중에 주님이 제게 보여 주신 것은 귀하게 잘 간직하고 앞으로 더욱 중보 하도록 하겠습니다…^^ 모든 영광을 하나님께 올려 드립니다. 감사 드립니다…!!!

## 9. 하나님의 아픈 심정을 알게 하시려고 보내주신 천사

'울고 계신 하나님'… 이라는 말씀을 시작으로 내 귀에 들려주신 주님의 음성을 하나도 놓치지 않고 기록할 수 있기를 원합니다…

지난 학기에 기숙사 문제로 넘 마음이 아파 울면서 다닐 때 주님이 제게 들려 주신 음성이었습니다. "넌 울고 있니? 내 눈에는 피눈물이 난다…" 고 하신 아버지의 음성을 주님이 N 목사님을 통하여 다시 들려 주셨습니다.

주님이 나를 어떻게 사랑하고 계신지… 그것을 알고 싶어 오랜 기간 주님 앞에서 울고 웃으면서 보냈던 지난 시간들… 을 회상케 하시며 오늘 또 다시 들려주신 주님의 음성… '내가 너를 사랑한다… 내가 너를 선택하였다는…' 언젠가 크리스마스 이브 꿈 속에 나타나 나를 지목하시고 내 볼에 키스해 주셨던 분… 그때는 왜 하필 나 이냐고 주님께 반문하며 투정 아닌 투정도 부렸었는데… 그 분의 그 사랑에 녹아서 난 오늘 그만 하염없이 눈물을 흘리고 있었습니다. 울어도 울어도 모자라고 부족한 그 분의 날 향하신, 우리를 향하신 그 놀라우신 사랑… 나 같은 죄인을.. 나같이 부족하고 연약한 자를 불러서 주님의 자녀 삼아주시고 내가 그만 이제 나를 놓아 달라고 나 너무 지치고 힘들다고 이제 그만 나를 놓아 주실 수는 없느냐고 그렇게 투정까지 부러 보았건만… 그래도 주님은 여전히 나의 작은 손을 놓지 않으셨고 오히려 더욱 강하게 붙잡고 계셨습니다… 할렐루야…!! 아멘!!!

최근 나에게 상처를 주는 사람들의 말에 많이 아파하고 힘든 시간을 보내며 남모르게 눈물 흘리며 심지어 공동체를 떠나 사람들이 없는 곳에 가고 싶다는 생각까지 하게 되었고 급기야 중국 친구가 소개 시켜준 중국 교회에 가서 섬기고 싶다는 마음까지 강하게 들었습니다. 교회 안에서 서로 말로 상처주고 아파하고 .., 이렇게 외지에 나와 서로 의지가 되고 힘이 되는 것이 아니라 서로 못잡아 먹어서 안달하는.. 모두들 서로 자신만을 앞세우며 조금도 손해 보지 않으려는 계산적인 마음들이 많이 느껴졌고 조금이라도 손해를 보거나 불이익을 겪게 되면 못견뎌하는 인간의 죄성 (주일 청년 설교 말씀에 '원죄'라는 단어까지 써 주셨는데… 나역시 우리 모두 죄인이라는 그것에서 예외일 수는 없지만…) 최근에 본의 아니게 겪게 되었던 마음의 아픔과 고생이 눈물과 함께 아버지의 사랑에 녹아 나와 내 마음이 한없이 울게 되었던 것 같습니다…

"신학이 곧 사랑학"이라는… 넘 공감이 가는 말씀이었고 사랑에 관한 정의를 10가지로 내려 주셨는데.. 그 중에 가장 마음에 와 닿았던 말씀; 주님의 사랑 안에는 온갖 유형의 사랑이 다 들어 있다. (사랑의 원판) 그 모형과 복사함을 조금이라도 맛보면서 우리는 주님을 배워가고 닮아가는 것이다. 우리가 천사가 아닌 사람이 된 것은 천사는 엄마 품에서 어머니의 사랑을 배울 수 없기에… 라는 말씀도 해 주셨다. 우리가 인격적으로 하나님을 만나게 되면 구원, 복 이런 것들은 부수적인 게 되고 그 사랑으로 완성되어지는 것이라는 마음도 주셨다.

올해 나에게 강하게 주신 마음 중에 "사랑하는 법"을 배우고 싶다는 것이 있었다. 우리가 천국에 가게 되면, 우리에게 질문하시는 것이 한가지가 있는데 그것은 바로 "너희가 사랑하는 법을 배웠느냐"는 것이다. (예전에 어느 책에서 읽은 내용) 하나님은 우리의 친구가 되어 주시지만 동시에 형도 되어 주시고 누나도 되어 주신다. 또한 우리는 있는 그대로의 사랑을 해야 하는 것이다. 마리아가 주님 앞에 엎드려 죄사함 받고 죄를 크게 탕감 받은 것에 감사해 '향유 옥합'을 깨뜨린 것은 지금 시대에도 회자되고 있는 내용이다.

나 또한 당시 결혼 문제로 많이 힘들어 했을 때 였는데… 주님 앞에 저의 가장 귀한 것(나의 향유 옥합) 을 깨뜨려 올려 드린다는 고백을 했었던 기억과 함께 주님의 사랑에 감사해서.. 그 사랑에 보답하고 싶었던 마음에 그렇게 고백을 했었는데…. 지금 난 요즘 아침마다 보는 큐티 내용에 아가서 내용이 나오는데 그 내용이 잘 와 닿지 않아 힘들어 하고 있었음을 회개하고 돌이키는 마음까지 주셔서 감사했다.

주님이 베드로에게 물으셨다. 배신하고 팔아 넘길 것을 알면서도 그 사랑의 고백을 듣고 싶어 하셨던 주님,, 주님은 질투의 하나님 이시다… 그래서 믿지 않는 자들도 주님께로 다 나아오기를 원하신다. 또한 우리는 성경을 읽으면서 주님의 마음을 이해해야 하며 주님의 심정을 느낄 수 있어야 한다. (N 목사님의 표현을 빌리자면, 성경을 읽으면서 눈물 한번 흘려 보지 못한 자는 다시 생각해 보아야 한다는…ㅋ)

베드로가 사랑을 고백했을 때, 네 양을 치라고 하셨고 그 양은 자기 피로 사신 양인 것이다. 우리는 모두 주님의 피로 다시 산 생명이 있는 몸이다. 우리 안에 주님이 계시고 주님의 살과 피가 흐르고 있는 것이다. 내 주변에 나를 힘들게 하는 사람들 또한 주님이 흘리신 보혈의 피의 대가로 사신 양인 것이다. 그렇게 생각한다면 사랑 안 할 수가 없고 설사 상대방이 실수를 하고 잘못을 한다고 할 지라고 용서해 주고 사랑해 줄 수 있어야 하는데… 우리 안에 주님의 사랑이 턱없이 많이 부족함을 느끼게 된다. 나

역시도 그렇게 사랑하지 못했음을 회개하게 되었고 또한 끝까지 믿어주는 사랑… (내가 속고 속아도 끝까지 그 친구를 믿어 줄 수 있어야 하는데… 주님이 우리를 끝까지 참고 인내하며 믿어 주시는 것처럼….)을 간구하게 되었다.

그분의 간증을 통하여 깨닫게 된 내용 중, 우리 주변에 나를 힘들게 하거나 내가 그 사람으로 인해 조금이라도 아파하게 된다면 그 사람은 "주님의 사랑을 알게 해 주는, 주님의 아픈 마음을 알게 해 주는 천사" 라고 생각한다면… 마음이 편해질 것 같다…

유독 마음이 여리고 쉽게 상처도 잘 받는 편이었기에 항상 이런 내 자신이 싫어지기도 했지만 그로 인해 주님이 없으면 한시라고 살 수 없는 또 한 마리의 연약한 양이 나임을 고백하고 인정하면서 나 또한 주위에 이러한 양들을 돌아보며 사랑할 수 있어야 될 것 같다. 그러기 위해서는 내 안에 먼저 주님의 사랑으로 회복케 되고 아픈 상처가 치유되어야 될 것 같다… 우리 모두에게 주님의 사랑과 자비하심이 흘러 넘쳐 생명수와 주님의 사랑을 나누어 줄 수 있고 또 나누는 자가 될 수 있기를 두 손 모아 기도드린다.

더불어 공동체 안에 주님의 사랑 N 목사님이 내리신 사랑에 관한 정의 ( 1) 관심 2) 이해 3) 책임 4) 존중 5) 희생 6) 함께 하고 싶은 마음 7) 내 자신을 내어주는 것 8) 끝까지 믿어 주는 것 9) 기쁨 10) 섬기고자 하는 마음) 이러한 것들이 진정 내 안에 먼저 생겨나서 이웃으로 흘러 나갈 수 있게 되기를 진심으로 기도 드린다…

*** 하나님이 세상을 이처럼 사랑하셔서 독생자를 주셨으니 이는 그를 믿는 사람마다 멸망하지 않고 영생을 얻게 하려는 것이다. (요한복음3:16)

*** 사랑하는 여러분, 우리가 서로 사랑합시다. 사랑은 하나님에게서 난 것이기 때문입니다. 사랑하는 사람은 누구나 다 하나님께로부터 났고 하나님을 압니다. 사랑하지 않는 사람은 하나님을 알지 못합니다. 하나님은 사랑이시기 때문입니다. 하나님의 사랑이 우리에게 이렇게 나타났습니다. 곧 하나님께서 자기 독생자를 우리에게 보내 주셔서 그분으로 말미암아 우리가 생명을 얻게 하신 것입니다. 사랑은 여기에 있습니다. 곧 우리가 하나님을 사랑한 것이 아니라 하나님께서 우리를 사랑하셔서 우리 죄를 위해 그분의 아들을 화목제물로 보내 주셨습니다. 사랑하는 여러분, 하나님께서 우리를 이처럼 사랑하셨으니 우리도 서로 사랑하는 것이 마땅합니다. 지금까지 아무도 하나님을 본 사람이 없습니다. 그러나 우리가 서로 사랑하면 하나님께서 우리 안에 계시고 하나님의 사랑이 우리 안에서 온전히 완성됩니다. (우리말 성경, 요한일서 4:7-12)

## 10. 세상에서 가장 아름다운 그대를 만났을 때

눈부신 햇살과 함께 내 눈 안에 펼쳐진 새로운 세상...
가도 가도 끝이 보이지 않는 세상의 뒤안길에서 만나게 된 아름다운 그대...
수호천사여...

당신의 손이 미치지 못하는 곳까지 내 마음을 아름답게 적셔주는 그대가 지금 내 곁에 나의 소중한 그대로 계셔서 넘 감사합니다...
그대가 있어서 세상이 더욱 아름다울 수 있고,
가난과 질병이 있는 그 곳에 회복과 치유가 있음을 믿습니다...
아름다운 그대를 볼 수 있는 눈과 마음을 주셔서 감사합니다...
그대가 없는 이 세상은 암흑의 세계 그 자체임을 깨달을 수 있어서 또한 감사합니다...
나의 내면의 세계에 한 줄기 빛이 되어
내가 살고 있는 세상에 더욱 밝게 빛나는 빛이 되어

가난하고 소외된 자에게 더욱 가까이 다가가
새로운 희망과 기쁨을 줄 수 있어서 감사합니다...

내가 존재하는 이유와 살아가는 이유,
내 삶의 이유와 목적이 되어 주신 그대가
그대가 제 삶 속에 기쁨이 되어 주시고,
새 소망이 되어 주셔서
오늘 하루도 당신의 사랑 안에 숨쉴 수 있음에 감사드립니다...

## 11. 진정한 믿음

지금 내게 가장 필요한 것은 "믿음" 입니다.
사라가 100세에 이삭을 낳은 것처럼 바랄 수 없는 중에 믿는 것이 진정한 믿음입니다.
나의 현재 상황과 환경, 나 자신을 바라보는 것이 아닌, 주님께 온전히 초점을 맞추고 나아가기 원합니다.

## 12. 하나님의 약속의 장소로 나아가자!!

하나님의 말씀과 경고를 놓치지 않게 하소서...
하나님의 마음을 알고 하나님의 빛 가운데 서게 하소서...
내 심령을 살피소서... 내 심령에 주님의 빛을 비춰 주시옵소서...
내 마음은 어떻습니까... 내 마음의 중심은 어떻습니까...
주님 앞으로 나아가게 하소서...
입술의 고백이 아니라, 내 마음의 전부를 주님께...
하나님 아버지를 신뢰하며 나아갑니다... 수술하여 주시옵소서...
나는 바른 자입니까..
나는 서 있는 자입니까... 나 자신이 죄인 중의 죄인입니까...
수많은 회개의 시간이 있었는데...

내가 알고 주님이 아십니다... 이번에는 놓치면 안 됩니다...
두렵고 떨리는 마음으로 하나님의 말씀 앞에 서게 하여 주소서...
하나님의 핏 값으로 생명으로 살리신 하나님의 귀한 영혼들이 실패하고 넘어지면 안 됩니다...
은혜를 부으소서... 넘어지지 않도록 붙잡아 주소서...
성령님의 은혜를 도우심을 구합니다...
기도의 영을 부으시고 회개의 영을 부으소서...
주님 앞에 주님의 임재 앞에 살게 하소서...
주님의 나의 구세주로 영접하게 하소서...
사랑하는 청년들이 주님 앞에 나아갈 때 깨어나게 하소서...
하나님만을 갈망하게 하소서...
하나님과 나 사이에 그 어떤 것도 끼어들어서는 안 되는 것이에요...
나를 사랑하시고 나를 원하시는 주님을 원합니다... 주님만을 원합니다...
너가 해결할 수 없었던 그 죄, 그 연약함, 그 자아... 나에게로 돌아오라...
내가 흰 옷같이 양털같이 깨끗하게 할 것이다.
흠 없고 점 없는 나의 신부로 회복시킬 것이다.
주님께로 나아갑니다. 하나님 아버지를 신뢰하며 나아갑니다.
내 영혼을 받으소서... 내 마음을 받으소서...
너희는 이제라도 금식하며 울며 애통하며 나에게로 나아오라...
내가 너희 사랑을 기억하고 있다...
청년 때의 그 뜨겁던 첫 사랑을 기억하고 있다...
나에게로 돌아오라... 내가 원하는 그 장소가 아니라, 주님의 마음이 있는 곳...
주님의 뜻이 있는 곳... 주님의 십자가가 있는 곳으로 나아올 수 있도록 ...
주님 이번에는 저의 마음이 진짜입니다. 은혜를 부으소서...
은혜의 보좌 앞으로 담대히 나아갑니다.

성령님 역사하소서...

나는 기다리고 또 기다려 왔다.

십자가 앞에서 내 사랑을 알고 나를 알기 위해 나아오는 그 한 사람..

그러나 이번에는 약속장소를 내가 정해도 되겠느냐...

약속장소는 십자가 앞이다...

약속장소는 십자가 앞이다... 이곳으로 나아올 수 있겠느냐...

내 생각으로는 주님의 뜻과 주님의 계획을 알 수 없습니다.

너의 소원을 내게 줄 수 있겠느냐...

내가 너를 얼마나 사랑하는지 알고 있지 않느냐...

내가 너에게 물어봐도 되겠니?

아무도 원하지 않아서... 너의 손에 내가 너의 발에 내가 너를 위해 못 박히는

그 못이 박히는데 누군가는 죽지 않으며 누군가는 ...

주님의 마음을 깨달을 수 있도록 .... 십자가를 지게 하소서...

주님 이번에는 진짜입니다...

이것을 원하는 저와 제가 사랑하는 청년에게 이 은혜를 부어 주소서...

주 보혈 나를 정결케 하고

주 보혈 나를 자유케 하니

주 앞에 나를 대하는 이 시간

나의 모든 것을 주께 드리네

주의 손 날 위해 씻기셨고

주의 발 날 위해 박히셨으니

이제 내가 사는 것이 아니요

주의 손에 나의 손을 포개고...
주의 발에 나의 발을 포개어...

나 주와 함께 죽고 주와 함께 살리라...

주의 손에 나의 손을 포개고...
주의 발에 나의 발을 포개어...

나 주와 함께 죽고 나 주와 함께 살리라...
나 영원토록 주 위해 살리라...

주의 손에 나의 손을 포개고...
주의 발에 나의 발을 포개어...

영원토록 주 위해 살리라...

주님, 이 시간 나의 중심을 살피소서...
받아 주시옵소서... 받아 주시옵소서...

영원토록 주 위해 살리라...

하나님 앞에 여러분의 눈물을 올려 드리세요...
하나님이 받으십니다...

아버지 하나님 우리의 눈물을 받으소서...

아버지 아버지 붙들어 주소서... 아버지 우리를 붙들어 주소서...
아바 아버지 우리를 붙들어 주소서...
우리 옆에 있는 영혼을 위해 기도해 주소서...
우리의 연약함 마음을 붙들어 주소서...
우리가 서로를 위해 눈물을 흘리며 기도할 때에...
하나님이 역사하시고, 하나님이 붙들어 주소서...

이 곳에 함께 하시는 그 임재를 저를 확신합니다.
어찌해야 할 줄 모르겠지만, 하나님이 함께 하시는 그 예수님 때문에
이 자리에 나온 것이잖아요... 서로를 위해 기도하기로 결단합니다.

큰 믿음 위해 서로를 위해 기도하고 붙잡아 주시길 부탁드립니다.
선하신 아버지께서 여러분을 책임져 주시고 붙잡아 주실 것입니다.

다 내려놓고 아버지께로 돌아갑시다...
사랑하는 예수님,
우리의 이 결단과 마음의 눈물을 받으시옵소서...

청년부를 주님께 올려 드립니다. 주님이 받아 주시옵소서...
주님의 일을 기대합니다. 다윗처럼 하나님 뜻을 놓치지 않게 하시고
내가 가는 길마다 하나님 놓치지 않게 하여 주시옵소서...

아버지 알고 있습니다. 하나님께서 우리를 남기셨을 때

우리에게 어떻게 하시는지
마음의 할례를 하여 주시고, 주님을 향하여 목숨걸고 나아가는 청년들이
나아가게 하여 주소서... 새 부대와 새 성전이 되게 하여 주소서...

## 13. 누구나 넘어질 수 있음을 조심하자!!

J 목사님의 몰카 사건에 넘 큰 충격을 받았다. 우리 교회 성도들과 목사님들 모두 마찬가지 일 거라는 생각이 든다. 너무나도 신실한 모습의 목사님이 그런 습관적인 죄를 범하고 있었다는 것이 말도 안 되는 충격적인 사건으로 다가온다. 하지만 이를 교훈으로 삼아야 할 것 같다. 내 안에도 드러나지 않은 많은 죄들이 있을 터인데, 다만 드러나지 않았을 뿐.. 이번 기회에 회개하며 자숙하는 시간으로 삼아야 될 것 같다. 또한 그 분을 향하신 하나님의 사랑을 느낌과 함께 나를 향하신 하나님의 깊은 사랑을 또한 느끼게 되어 감사하다.

이 시기에 맞춰 내게도 어려운 일을 겪게 하심을 또한 감사하다. 지금은 어느정도 정리가 되어 이렇게 고백할 수 있는데, 참으로 분별이 어려운 시대에 살고 있는 것 같다는 생각이 든다. 아님 내가 더 깨어 있지 못해서였을까. 사업 제의를 넘 달콤하게 해 오는 사람이 있어 나도 많이 고민하게 되었고 또 겸임교수라는 타이틀을 놓고도 많은 생각을 하게 되었던 것 같다. 내가 지금 가고 있는 이 길이 비록 좁은 길이라 한시라도 (전임으로 가

는 길이 어렵고 힘들다 하더라도.) 내가 가는 이 길에 대한 확신과 믿음을 가지게 되어 또한 감사하다. 오히려 이러한 고민의 시간들을 통하여 더욱 확고하게 내가 가는 이 길에 대한 믿음이 생기게 된 것 같다.

내가 균형잡힌 삶을 살아가지 못하는 것 같다. 성령님을 더욱 의지하며, 더욱 깨어 기도함으로 분별함으로 나아가자... 또한 그 어떤 시련이 있을지라도 넘어지지 말고 올바로 나의 길을 걸어가자. 내게 허락하신 시간들 속에서 지혜롭게 반응하며 나아가기 원합니다. 또한 책임을 다하며 후회없는 시간들로 채워가게 하소서... 하나님, 제 삶 속에 더욱 더 주님의 밝은 빛으로 채워주시고 이 시간 모든 어두움이 사라지게 하옵소서... 오로지 성령님과 하나님의 영으로 깨어 분별할 수 있도록 그리하여 저의 삶을 주님과 온전히 동행하며 주님의 마음에 합한 자로 이 땅을 살아갈 수 있도록 도와주시옵소서... 지금의 모든 어려움은 나사렛 예수 그리스도의 이름으로 제거되고 온전히 주님의 밝은 빛만이 제 삶 속에 가득할 수 있기를 간절히 기도 드립니다.

교수님과의 관계 회복과 주변 친구들과의 관계 회복, 또 가족들과의 관계 회복이 있게 하여 주시옵고 지금보다 훨씬 더 좋은 발전적인 관계로 나아가게 도와 주시옵고, 모든 순간 모든 상황 가운데서 승리할 수 있는 믿음을 더하여 주시옵소서...

항상 담대하게 주님의 사랑과 은혜를 구하며 믿음으로 선포하며 나아갈 수 있도록 도와 주시옵고 매 순간 주님만을 의지하며 사람을 의지하지 말며 나아가게 하여 주시옵소서...

속지 않도록 항상 깨어 분별할 수 있는 영을 더하여 주시옵소서...

저의 모든 장점이 강점이 되고, 단점조차도 귀하게 쓰임 받도록 하여 주시옵소서...

## 14. 나의 있는 모습 그대로를 사랑해 줄 수 있는 그런 분을 원합니다

나의 있는 모습 그대로, 나의 존재 자체를 사랑해 줄 수 있는...
나의 장식물에 관심이 많고 그것을 더 누리고 싶어 하는 사람보다는...

내가 예수님을 목적으로 추구하지 않고 예수님이 주신 또 가지고 계신 능력과 지혜에만 마음을 쏟게 된다면 아마도 주객이 전도된 것이 될 것이다. 우리가 예수님을 소유하게 되면, 그 안에 그 모든 것들을 얻고 누릴 수가 있는데, 장식물에만 마음이 가지 않도록... 그 무엇보다도 예수님을 추구하고 갈망하고 그 분과의 인격적인 만남과 교제에 마음을 쏟자~!!!
파이팅~!!^^*

앞으로 학업과 연구를 위해서도 간절히 기도드립니다.
사랑의 주님, 제가 주님을 목적으로 삼을 수 있게 되길 간절히 기도드립니다.
저의 가는 앞길을 축복하여 주시옵고, 기타 다른 방해요소를 제거하여 주시옵소서...
주님, 제 안에 주님 외에 다른 것으로 채우지 않도록 제 마음과 생각을 지켜 주시옵소서...

## 15. 공격 받지 않는 비법

* 넙죽 엎드리자. 교만하면 공격이 들어온다. 겸손하면 공격을 막는 비법이다!!

* 넙죽 엎드리면 화살이 오지 않는다. 겸손은 화를 막는 지름길임을 명심하자!!

* 말 번복하지 않으며, 감정에 휘둘리지 않아야 한다.

# V. 은혜의 보금자리

Getty Image Bank

## 1. 내 안의 잠재력

중국에서 코칭 과정을 수료하면서 느꼈던 내 안의 잠재력 1~58가지를 정리해 보았다. 코칭을 하면서 좋았던 점과 아쉬웠던 점도 함께 정리하였다. 주위 많은 이들에게 널리 알리고 싶은 프로그램이다.

나의 잠재력

1. 다른 사람을 배려하려고 노력한다.
2. 정이 많고 사랑이 많다.
3. 집중력이 뛰어나다.
4. 성실하다.
5. 영혼을 사랑하는 마음이 크다.
6. 타인을 돕고자 하는 마음이 크다.
7. 나 보다는 다른 사람을 도와 주려고 노력하는 편이다.
8. 다른 사람의 감정을 소중히 여길 줄 안다.
9. 공부를 잘한다.
10. 감수성이 풍부하다.
11. 글 솜씨가 뛰어나다.
12. 언변이 좋다.
13. 교학에 열정이 많다.
14. 배움의 열정이 많고 나눔을 좋아한다.
15. 사람들을 많이 좋아한다.
16. 요리솜씨가 좋다.
17. 데코레이션 감각과 패션 감각이 있다.

18. 피아노 치는 것을 좋아한다.
19. 음악 감상과 미술감상을 좋아한다.
20. 직관력이 뛰어나다.
21. 꽃을 좋아한다.
22. 운동감각이 있다.
23. 다른 사람을 섬기는 것을 좋아한다.
24. 깨끗한 것을 좋아한다.
25. 하나님을 사랑하며 이웃을 사랑한다.
25. 공동체 안에서 많은 훈련을 받아왔다.
26. 가정을 소중히 여길 줄 안다.
27. 소녀적 감성을 가지고 있다.
28. 순수하다.
29. 맑다.
30. 부모님을 사랑하며 가족을 사랑한다.
31. 기쁨과 슬픔 희로애락이 풍부하다.
32. 연극을 좋아한다.
33. 한번 시작하면 끝까지 열심히 한다.
34. 아이들을 좋아한다.
35. 다재다능하다.
36. 능력이 많다.
37. 어학 감각이 있다.
38. 슬픔을 승화시키는 방법을 알고 있다.
39. 건강하다.
40. 몸매가 좋다.
41. 목소리가 좋다.

42. 사교성이 있다.

43. 친근감 있게 잘 대해 준다.

44. 다른 사람을 편하게 대해 준다.

45. 다른 사람들에게 선물하는 것을 좋아한다.

46. 책 읽는 것을 좋아한다.

47. 사업에 관심이 많다.

48. 불쌍한 사람들을 돕고 싶은 마음이 크다.

49. 교육 사업에 관심이 많다.

50. 교수의 비젼이 있다.

51. 사업가, 저술가로서의 비젼과 잠재력이 있다.

52. 가정 생활을 충실히 잘 할 자신이 있다.

53. 남편과 자녀들에게 좋은 아내, 엄마, 며느리로서 잘 할 자신이 있다.

54. 사랑스럽고 귀엽다.

55. 하나님을 사랑하고 베풀기를 좋아한다.

56. 남의 아픔을 그냥 지나치지 못한다.

57. 기도를 열심히 한다.

58. 일상생활 가운데 깨달음이 많다.

** 좋았던 점 **

1. 내 자신을 돌아볼 수 있는 기회가 되었던 것 같다.
2. 경청하는 훈련이 많이 되어 있지 않음을 알게 되었고, 또한 그것이 대인 관계에 적지 않은 영향을 끼치고 있었음을 확인 받게 되었다. (자기제어 장치 작동 필요성 느끼게 됨)
3. 상대방이 답을 얻을 수 있도록 도와주는 역할 (지도와 같은 역할을 해야

지, 내가 먼저 답을 제시하거나 조언이나 충고 비판 등을 할 수 없음을 반드시 상기하자!!)

4. 나의 있는 모습 그대로를 인정 (긍정과 부정의 측면) 함으로써 치유와 회복이 일어났으며, 내 스스로 편안해 짐을 경험하게 되었다.
5. 타인의 말을 경청함으로 인하여 스스로 마인드 컨트롤의 중요성을 느끼게 되었다.
6. 내 안에 잠재된 장점들을 끄집어 냄으로 인하여 내 삶이 더욱 풍요롭게 되고 타인에게도 그렇게 될 수 있도록 도움을 줄 수 있을 것 같아 좋은 것 같다.
7. 가장 깊은 곳에 타인을 향한 사랑과 돕고자 하는 마음이 깊게 깔려 있음을 느끼게 되었다.
8. 가장 좋은 것은 내 자신의 잠재력을 생각하며 나를 있는 그대로의 모습으로 하나님의 존귀한 자녀로 인정하게 되었다는 것이다.
9. 이로 인하여 자존감이 높아지고 자신감이 생기게 되었다.
10. 코칭이 무엇이며, 코칭을 하는 방법을 알게 되었다.

** 아쉬운 점 **

1. 사람들과 소통할 수 있는 시간이 많이 부족했던 것 같다.
2. 코칭 시간이 연달아 있어서 좀 많이 피곤했던 것 같다.
3. 코칭을 하는 과정 가운데, 오해가 생기거나 대인관계에 약간의 불편함이 발생했다.
4. 집에 가는 차 시간 때문에 불안해 했다.
5. 질문이 자꾸 생각이 나서 흐름에 혹시라도 방해가 되지 않았나 걱정이 되기도 하였다.
6. 간식이 매번 똑같아서 식상하기도…

## 2. 승리가 무엇인줄 아는가

승리가 무엇인줄 아는가
좋고 편한 가능성의 유혹을 처절히 잘라 버리고
오직 주님만 따라 가는 것
바로 승리라네...

승리가 무엇인 줄 아는가
승리가 무엇인 줄 아는가
하고 싶은 말 그 많고 많은 말 힘겹게 억누르고
오직 주께서만 말씀하게 하는 것 바로 승리라네...

결과가 어떠해도 주님만 빛나시고
주님 평안 내 안에 있으면 그것이 바로 승리라...

치열한 자기와의 싸움을 어렵게 잠재우고
오직 주님만 따라가는 것
오직 주께서만 말씀하게 하는 것
주님만 내 안에 사시게 하는 것
이것이 바로 승리라네

## 3. 한 영혼이 천하보다 귀하다

이번 학기도 중국어 수업이 많아서 남편은 거리가 먼(광교로 이사한 후에 더욱 멀어진) I 대 수업은 안 하는 게 낫지 않겠냐고 했다.

내겐 한 학생이라도 너무 소중하기에, 하나님이 내게 허락하신 영혼이라고 생각하면 도저히 거절할 수가 없어서 그냥 하겠다고 했다.

2시간 넘어(왕복은 지하철과 도보, 버스 이용까지 5시간) 걸리는 그 먼 거리를 나는 오늘도 하나님이 내게 허락하신 한 영혼과의 만남과 교제를 위해 가고 있다. 나를 믿어주고 사랑해주는 학생들이 있어서 '나는 참으로 행복한 사람'임을 실감하며 진정 감사드린다...

내가 많이 가진 자가 아니어도, 학생들로부터 "인기녀"라서가 아니고, 생활면에선 많이 부족한 나를 오늘도 어여삐 여기시고, 긍휼히 여겨주셔서 이 자리에 있게하여 주시고 사회적으로 존경과 인정받는 "교수"라는 직업까지 주셔서 너무나 감사드린다!!!

오늘은 글로벌 리더십 프로그램 첫 수업인데, 강의실도 여의치 않아서 "스타벅스"에서라도 "글로벌 리더십 프로그램"이라는 이름으로 학생들과 적극적인 소통을 하려고 시도했는데, 지하철 방향을 잘못 타서 못하게 되어 연기하는 해프닝이 있었는데도...

내게 용기와 희망을 주는 학생들이 있어 너무 기쁘고 감사하고 행복하다...^^

앞으로 더 잘 소통하기로 다짐하고,
먼 거리에 더욱 성령님의 은혜와 자비와 사랑을 구하며...
오늘도 난 또 하나의 씨앗을 심는다...^^♡

## 4. 중국어 수업의 웃프닝(해프닝)

중국어 수업 조별 과제를 매 학기 낼 때마다, 문화 관련 주제로 발표와 레포트 제출을 하는데, 어제 K 대학교 수업에서 있었던 일이다.

중국요리를 맛볼 수 있는 기회와 시간을 주겠다고 호언장담을 하던 조의 학생들이 준비해온 요리 및 음식은 결국 "취두부" 와 "두리안" 과일이었다.

나는 그런 줄도 모르고 기대를 나름 많이 했었다. 더욱 놀랍고 당황스러웠던 것은 취두부의 냄새가 너무 고약해서 (학생들 표현을 빌리자면, 시궁창 냄새같다고...^^) 처음으로 맛본다고 뚜껑을 열자마자 "욱" 소리와 함께 밖으로 뛰쳐나갔고 다른 학생들도 이어서 줄줄이 냄새를 맡기가 무섭게 밖으로 뛰쳐나갔다.

"두리안" 과일도 마찬가지로 모두 냄새 때문에 먹지를 못했다. 그러면서 PPT로 이상하고 요상한 요리들을 선보이는 것이었다. 원숭이의 살아있는 뇌, 쥐새끼, 모기 눈알 요리 등등...

나는 이 모험심 많고 호기심 많은 학생들 때문에 웃을 수 밖에 없었다. 하여튼 마지막엔 남자 스킨과 향수로 강의실 안을 온통 요상한 향기로 가득 채우게 되었다. 혐오스런 요리로 중국에 대한 이미지가 나빠질까 봐 사뭇 걱정이 된다.

K 대 대학원 어떤 중국인 유학생은 한국 문화와의 소위 말하는 "문화충격"으로 한국의 회식문화와 밤 문화, 의상이나 화장을 너무 유별나게 진하게 하는 점, 디테일한  분리수거 등을 말하기도 했다.

오늘 또 나의 하루는 뉘엿 뉘엿 넘어가는 저녁노을과 함께 무르익어만 간다.

## 5. 정체성과 존재감

중국어를 가르칠 때가 가장 행복하고 나의 정체성을 느낄 수 있어 감사하다.

여의도 순복음교회 어느 한 장로님은 내가 중국어 가르치는 것을 보시고 존경한다는 표현까지 하셨다.

어느 사모님은 중국어 수업을 마치고 나오면 얼굴이 발갛게 상기되어 더욱 예뻐 보인다고까지 하셨다. 이렇게 중국어를 열심히 가르치며 존재감과 정체성을 느끼게 되었다.

하지만 나는 제자훈련과 사역훈련을 마치고 나서는 학생들 케어와 돌봄, 영혼 구원과 사랑이 목표가 되었다.

중국어를 고등학교 때 시작했다.  중국어 가르치는데 미쳐서 회사소속으로 다니면서는 열정으로 교학에 힘쓴 결과, 최우수상까지 받고 최고 연봉자가 되기도 했다.

목동에서 오리털 파카 하나 입고, 비가 오나 눈이 오나 중국어를 가르치며 다니면서(소위 발품 팔아서) 엑기스만 뽑아서 현재의 수업교재인 (맥) 현대 중국어가 나오게 된 것이다. ^^

이 중국어 교재가 앞으로 한중 관계 개선과 중국어를 사모하는 학생들에게 귀하게 쓰임받는 교재가 될 수 있기를 소망하며, 기도 드린다...

## 6. 시련 속에서 꽃 핀 눈꽃 위의 열정...!!!

한국에 온 이후에 겪어야 했던 한 차례의 환란과 그로 인한 아픔이 내 안에 수정의 결정체를 만들어 내는 밑거름과 지름길이 되었음을 고백할 때가 올 것을 믿는다.

누군가에겐 시련과 아픔이 보약이 되고..
누군가에겐 더 없는 축복이 되고..
또 다른 누군가에게는 신앙의 척도가 되고..
또 다른 누군가에게는 다시 일어설 수 있는 계기가 되는 것 같다.

단지 우리 인생에 "시련" 과 "아픔" 이라는 보약이 없이 순탄대로의 길을 걸어간다는 것이 어찌 보면 종국에는 슬픈 인생이 됨을... 명심해야 할 것 같다.

내 인생의 노래 가운데, 하나님의 사랑 다음으로 감사한 것이 있다면,,, 바로 시련과 아픔을 기쁨으로 승화시키는 노력의 결정체 라는 것이다.

** 하나님의 사랑 **

우리 인간은 참으로 어리석은 것 같다. 매 순간 예수님을 놓치고 살 때가 참 많은 것 같다.  우리 생각으로는 항상 붙잡고 산다고, 항상 기억하고 있다고 착각할 때가 많은 것 같다.

돌이켜 보면, 내 안에 힘든 마음이 들 때는 내 안에 감사함이 없을 때이고, 내 마음이 어렵고 힘들 때는 알고 보면 예수님을 놓치고 있을 때가 많기 때문이다. 이제는 이것을 훈련하고자 한다. 내 안에 계신 예수님을 항상 놓치지 않고 기억하기 원한다.

그리고 이로 인하여 항상 기쁨과 행복이 넘치는 그런 삶이고 싶다.

내 안에 누리기 원하는 마음들, 자유하고 싶은 마음들... 모두 다 나이기에 나의 나된 모습으로 이 세상을 승리하는 자가 되기를 진정 원한다....!!!

나는 할 수 없지만, "내 안에 계신 주님으로 인하여 난 이 모든 것이 가능했다" 라고 고백하는 그 날이 오기까지 난 쉬지 않고 정진하련다...

주님, 도와 주소서....!!!

제가 항상 겸손한 마음으로 주님이 제게 하기 원하시는 그 일을 잘 해낼 수 있도록 주님 저의 생각과 마음을 붙잡아 주시고, 항상 주님의 음성에 민감하게 반응할 수 있는 자 될 수 있도록 주님 도와주소서... 주님의 사랑으로 제 자신을 사랑하고, 타인도 사랑할 수 있는 마음을 부어 주소서... 주님의 깊은 사랑으로 제 자신뿐 아니라, 주위의 모든 사람들을 품고 사랑할 수 있는 넉넉한 마음을 허락해 주소서... 주님만이 제 인생의 전부이시고, 저의 모든 것 되심을 진실로 고백할 수 있는 자 되게 하소서...

주님, 제 안에 습관적으로 짓게 되는 모든 죄들을 이 시간 깊이 회개하며, 주님의 것으로 가득 채워갈 수 있도록 도와주소서...

주님, 또한 주님 없이는 그 어떤 것도 할 수 없음을 믿음으로 고백합니다.

주님의 마음을 부어 주시고, 주님의 사랑으로 그 어떤 상황에서도 승리할 수 있는 믿음을 더하여 주소서...!!!

이 모든 것 지금도 살아서 역사하시는 예수 그리스도의 이름으로 기도드립니다.

## 7. 천성을 향하여...

2019년 갑골문 발현지에 남편과 함께 다녀오게 되었다. 학회에서 가게 되었는데, 다녀와서 생각지도 않게 친정 아빠가 쓰러지셨다는 얘기를 듣게 되었다. 내가 결혼할 당시부터 피부병으로 고생을 하셨는데, 면역력이 약해지셔서 그러하셨다는 것을 지금에서야 알게 되었다.

아빠는 코로나 시기에 편찮으셔서 입·퇴원을 반복하지 못하셨다. 왜냐하면 S 병원 같이 큰 병원에 들어가기도 힘들었던 데다가 입원할 때 계속 코로나 검사를 해서 양성이 나오지 않아야 하며, 결과를 기다리는 시간도 많이 걸렸기 때문이다. 또한 갑자기 위중한 병명 진단(폐암 4기)을 받으셨기에, 정말이지 믿어지지 않는 청천벽력같은 병명이었기에 우리도 어떻게 해야 좋을지 판단이 서지 않았다.

지금 와서 생각해 보면, 그냥 몸이라도 편히 계시도록 집으로 모시고 왔어야 하지 않을까 하는데, 열이 계속 나셨기에 그렇게 할 수도 없었다. 병원에서 무척이나 나가고 싶어하시는 아빠와 나름 씨름하면서 섬망도 오셨기에 참으로 힘든 시간들을 보냈던 것 같다.

아빠를 생각하면 지금도 미안하고 죄송하다!! 나는 참으로 큰 사랑을 받고 물질적인 걱정도 없이 살았는데 결혼이 늦어지면서 아빠에게 효도할 수 있는 시간을 많이 가지지 못하고 보내 드린 것도 마음에 걸린다.

그래도 병상에 계실 때, 영접과 세례를 모두 받으시고 너무나도 평안하신 모습으로 젊으실 때 핸썸한 모습까지 재현되면서 하나님 품에 안기셨다. 병원에서 계속해서 하나님의 사랑과 은혜를 전하고자 노력했던 나의 모습을 어여삐 여기시고 긍휼한 마음을 부어 주셔서 이 모든 것들이 가능했던 것이라 생각하니 감사하지 않을 수 없다. 물론 아빠에게 병상 영접과 세례를 베풀어 주셨던 L 목사님도 천국으로 그 다음해에 생각지도 않게 보내드리게 되어 나에겐 적잖은 충격과 아픔도 있었지만... 그래도 모두 천국에서 평안하게 안식하고 계실 것을 생각하니 그래도 위안이 된다...

모교 선교회에서 예전에 가평 필그림 하우스에 가서 "천로역정" 프로그램에 참가했었던 적이 있었다. 우리가 인생을 살아가면서 여러 가지 일들로 인하여 번뇌하며 갖은 고초도 겪게 되지만, 결국 이 땅에서의 삶이 전부가 아니라 우리가 돌아갈 고향인 본향집(천국)이 있다는 것은 참으로 위로가 되는 것 같다. 중국에서 유학할 때에도 생각지도 않은 어려움을 겪으면서 이곳(중국)은 내가 평생 머물 곳이 아니라, 귀국할 한국이 있다는 것에 위로가 되었다.

친정엄마 팔순 생신을 치르면서 다시금 생각하게 된다.

지난 몇 년 동안 마음에만 담아두었던 나의 아픔과 상처들을 끄집어 내게 되니, 사실 조금은 두려운 마음도 많이 생긴다. "불효자는 웁니다..."라는 내용도 있듯이, 이제 효도 좀 제대로 해보자니 안 계신다는 말이 맞는 것 같다.

당시에 암 병동과 중환자실을 오고 가면서 나름 힘든 시간을 보내면서도 이렇게 살아계셔서 만나러 갈 수 있는 것에 감사하게 되었었는데... S 병원에서 퇴원하실 때, 나와 함께 보행보조기를 하루에 4번이나 미시면서 서서 걸으려고 하시는 의지와 정신력을 보여 주셨었는데...퇴원하시고 단 하루 집에서 목욕도 하시고 참으로 편하게 생각하셨는데, 다음 날로 요양병원에 가시고 나서는 다시 집으로 돌아오시지 못했다. 나중에 영정사진이 집으로 왔을 때, 나는 눈물을 곱씹게 되었다.

'아빠가 쓰다 만 자서전 삶으로 앞으로 더욱 멋지게 써드리겠다고...' 하지만 작년에 Y대 전임교원에 응시했다가 안 되어서 적잖이 낙심하게 되었다. 지금도 생각하면 속상하고 마음이 힘들기도 하지만, 내 마음을 추스르려고 나름 많이 노력하고 있다.

고생을 많이 하신 아빠셨기에, 아빠는 육사 시험을 치르시려다 비염이 있으셔서 경찰 공무원으로 순경부터 계속해서 열심히 노력하여 시험 보고 승진을 하셨던... 경찰대학 나온 사람을 한때 부러워하기도 하셨지만... 신촌 파출 소장을 하실 때는 한창 데모(시위)가 많은 때여서 고생도 많이 하셨다. 수사과장을 맡으실 때는 근무 때문에 며칠씩 집에 들어오시지 못 하셨고, 치안본부 대공수사본부에 계실 때도 매우 바쁘셨기에 자녀 양육은 엄마가 거의 도맡아 하셨던 것 같다. 작년에 전임교원 합격을 위해 기도드릴 때 신촌이 체루탄 가스가 아닌, 복음화의 물결로 뒤덮게 해드릴 수 있도록 기도했는데, 이루어 주시지 않아서 하나님의 뜻을 지금도 여전히 묻고 있기도 하다. 하지만 시간이 지나면서 조금씩 알게 되는 것 같기도 하다... 하나님 아버지의 크신 뜻과 이유를...

## 8. '청설모'를 통한 삶의 깨달음

광교로 이사하고 산책을 나가서, 우연찮게 입에 나뭇가지들을 많이 물고 나무를 재빠르게 기어오르고 있는 어떤 생물을 보게 되었다.

찾아보니, "청설모"라고 쥐목 다람쥐과라고 한다.

입에 먹을 것을 잔뜩 물고 가는 모습이 흉측해 보이기까지 했다.

잡식성인데, 나무열매 뿐만이 아니라 새들도 잡아먹어서 생태계에선 싫어하는 생물이라고도 한다.

우리를 돌아보니, 꼭 우리 인간들의 모습 같다는 생각이 들었다. 가지면 더 가지고 싶고, 더 가져도 만족함을 잘 모르는 것이 마치 죄 많은 추한 우리의 모습인 것 같았다.

이렇게도 추한 죄를 가진 인간들에게 한 줄기 생명의 빛으로 오신, 예수님께 감사드리며^^ 사랑한다는 사랑 고백을 올려 드립니다 !! ♡♡

## 9. 1-2분의 기적

K대를 가려고 SRT를 타기 위해 1-2분을 남겨두고 미친듯이 뛰었다.

드디어 차에 오르고 나서 안도의 한숨을 내쉬며 드는 생각이, 우리 삶의 1-2분이 얼마나 소중한지를 새삼 깨닫게 되었다.

문득 1-2분의 기적이 사람을 살릴 수도 죽일 수도 있겠다는 생각이 들었다.

앞으로 이 소중한 깨달음을 가지고 더욱 시간을 아끼며, 잘 살아 내야겠다고 다짐하게 된다.

## 10. 그리운 나의 아빠 ^^

K대에 오게 되면 그리운 아빠 생각이 많이 난다...
평생을 나라와 민족을 위해 헌신하시고 봉사하시고 고생도 많이 하셨는데... 왜 그렇게 아프셔야 했는지...

병원에서 그렇게도 집에 오시고 싶어 하셨는데, 소통이 잘 안되어 그렇게 보내드린 아픔과 슬픔이 교차되어 마음이 힘들어지기도 한다...

어떻게 하면 아빠의 그 크신 사랑에 보답해 드릴 수 있을까 하는 생각과 함께... 삶의 의지와 도전이 생기기도 하는 것 같다...

아빠의 저희를 향하신 그 헌신적인 사랑이 있으셨기에 오늘의 제가 있는 것 같습니다...!!

아빠를 병원에서 집으로 모시고 오지 못했던, 그리고 우리와 더 함께하지 못하고 보내드린 아쉬움과 속상함, 죄송스런 마음에 오늘도 난 더욱 잘 되어 아빠께 보답해 드려야겠다고 다짐해본다...

더불어 가족들 간에 더욱 우애있게 잘 지내고, 최선을 다해 가족과 소통해야겠다고 생각하게 된다...

아빠의 나라와 민족을 향하신 그 헌신적인 사랑과 깊은 은혜에 보답하기 위해서라도 오늘도 난 끊임없이 도전하며, 정진한다... 더 넓은 세상

을 향해...^^

오늘도 저는 아빠가 사무치게 그립습니다...ㅠ

## 11. 십자가 보혈의 피

초등학교 3학년 때부터 안경을 쓰기 시작했다.

당시 너무 어려서부터 안경을 쓰게 되는 것이 싫기도 해서 일부러 안 보이는 것도 보인다고도 했다. -800 이라는 고도 근시를 가지고 있다가 라섹 수술을 하려고 하니, 막상 겁이 많이 났다. 철야 예배를 드리고 눈물 어린 간절한 기도를 하나님께 올려 드렸다. 그런데 한참 기도를 하다 보니, 하나님께서 내게 매우 많은 십자가 보혈의 피를 흘려 보내 주시는 환상을 보게 되었다. 나는 너무 놀라서 이 많은 피를 제가 어떻게 해야 하느냐고 하나님께 여쭈어 보았다.

하나님께서 내게 주신 내적음성은 이 많은 피를 무수히 많은 사람들에게 흘려보내라고 하시는 것이었다. 그래서 "보혈의 피" 찬양이 흘러나올 때면 그때 생각이 많이 난다. 예수님께서 십자가상에서 흘리신 그 보혈의 피가 오늘 나에게도 또 믿지 않는 영혼들에게도 흘러 들어가 생명을 얻게 되는 놀라운 역사를 경험하게 되길 간절히 기도드린다.

## 12. 빼빼로 데이 사랑 고백

매년 11월 11일이 되면 사랑하는 사람들끼리 사랑의 고백과 선물을 서로 주고받게 된다.

청년부 시절에 사랑하는 사람이 없어서 마땅히 주고 싶은 사람이 없었던 그때, 내 마음 속에  드는 생각이 '왜 나는 그동안 사람들에게만 사랑 고백을 할 생각을 하고 진정 하나님께는 사랑 고백을 할 생각을 못했을까' 하는 데 생각이 이르자, 곧바로 꽃가게로 달려가 꽃을 한 아름 사서 수요예배를 드리고 담임 목사님께 꽃을 드리며 하나님께 전해 달라고 하면서 헌금까지 했던 매우 잊을 수 없는 사건이 있었다. 지금 생각해 보니, 참으로 순수하게 내 평생 잊을 수 없는 신앙 고백을 한 것 같다. ^^

## 13. 육체의 가시

최근 목감기가 너무 심해 고생을 많이 했다.

수업이 많아서 지장 가지 않도록 기도했는데...

감사하게도 휴강이 한두 과목 공휴일에 걸려 쉼도 가능했다.

^^

학회에 가려고 의사 선생님께 말씀드렸다가, 항생제 하나도 제대로 먹지 못하는 사람이 쉬지  무슨 학회냐고 해서 만류에 쉬게 되었다.

쉬면서 드는 생각이...
우리 인간이 이렇게도 나약한 존재였구나...
지금이라도 하나님이 부르시면 가야 하는 게 인생이구나 하는 것을 느끼게 되었다...

육체의 가시로 약 부작용 주심으로 나의 연약함을 인정하게 되어 감사했고, 여기까지 올 수 있었던 것도 모두 하나님의 나를 향하신 크고도 놀라우신 사랑과 은혜였음을 깨닫게 되어 더욱 감사한 시간이었다.

# VI. 어여쁜 자여! 나와 함께 가자...!!

Getty Image Bank

## 1. 가장 사랑스런 어여쁜 주님의 신부

당신에게 나의 가장 소중한 향유옥합을 깨뜨렸음을 기억합니다.
나 당신의 사랑에 매여 영원히 당신과 함께 하기 원합니다.
비가 오거나 눈이 오거나, 화가 날 때 짜증 날 때,
또 속상하고 누군가가 많이 원망스럽고 열이 많이 받을 때라도
나 당신만을 생각하며 당신의 위로를 구하기 원합니다.

세상의 험난한 풍파 속에서도 당신의 팔에 안기어 평안하기 원합니다.
당신의 기쁨과 당신의 평안이 곧 저의 평안과 기쁨이 되기 원하고
당신의 소망과 꿈과 비젼이 곧 나의 꿈과 소망과 비젼이 되기 원합니다.

당신의 눈물 속에 저의 마음 또한 담기 원합니다.
당신이 아파하는 영혼에게 저의 마음이 가기 원합니다.
당신의 마음으로 저 또한 다른 사람들을 품을 수 있게 되기 원합니다.
당신의 마음을 더 잘 헤아리기 원하며, 당신의 그 아픔이 저의 아픔이 되고
당신의 영혼을 향하신 마음이 곧 저의 마음이 되기 원합니다.

제게 더욱 당신의 마음과 사랑과 평안을 주시기를 이 시간 간절히 간구 드립니다.

오늘 하루도 당신의 사랑 안에서 편안히 잠들 수 있어서
참으로 행복하고 기쁩니다.
당신의 팔 안에 안기어 곤히 잠들 수 있게 되기 원합니다.

당신의 사랑 안에서 오늘 하루도 숨쉬며 잘 지낼 수 있었음을 또한 고백합니다.

세상 사람들은 나의 작은 실수와 허물조차도 용납하지 않지만,
당신은 저를 끝까지 신뢰함을 믿습니다.
당신의 절 향하신 신뢰가 저의 당신을 향한 신뢰가 되기 진정 원합니다.

사랑의 주님,
당신의 가장 아름다운 사랑스런 신부 되기 원합니다.

당신에게 깨뜨린 향유옥합으로 인하여
고통스러워 하고 힘들어 하기 보다는 오히려 감사하고 기뻐하며,
저를 향하신 당신의 뜻과 비젼을 이루어 드리는 삶이 될 수 있기 원합니다.

당신의 사랑의 마음에 내 마음이 녹아지듯,
저 또한 당신에게 그러한 사랑스런 어여쁜 신부,
당신이 가장 믿고 신뢰할 수 있는
그런 당신의 변함없는 영원한 신부가 될 수 있기를 원합니다.

지금의 이 고통과 연단의 과정 또한
당신의 절 향하신 더욱 정결하고
흠 한 점 없는 아름다운 정갈한 당신의 신부로
빚어가는 과정임을 믿고,
불순물이 모두 제거되고
순결한 원석이 될 수 있기 원합니다.

당신의 이름만이 제 안에 거하길 …
당신의 사랑만이 제 안에 거하기를…
당신의 순결함만이 제 안에 거하기를…
당신의 순수한 열정만이 제 안에 거하기를…
당신의 진정한 평안만이 제 안에 거하기를…

당신의 사랑 안에서 전 언제나 안전합니다.
두려워 말고 힘들어 말고
믿음으로 더욱 굳건한
장화 신은 당신의 신부 되기 원합니다.

## 2. 결혼 전주곡

오늘 예언에 나온 대로 결혼의 축복을 누리고 싶어요!
아름다운 신부로서 빚어오신 주님께 감사드리며, 새롭게 변화될 환경과 그 안에서 새롭게 변화될 저의 모습을 또한 기대합니다.
저희의 만남과 교제가 아름다운 만남과 교제가 되게 하여 주시옵고,
주님의 사랑과 은혜로 아름다운 열매를 맺을 수 있게 도와 주소서.

주님, 저의 모든 것 되시는 주님…!!
제가 지혜롭게 행동하기 원하며, 지혜롭게 말하기 원합니다.

제가 있는 그 곳에서 아름다운 그리스도의 향기를 전하는 자 되게 하여 주시옵소서.

주님,

가장 아름다운 결혼이 되기를 원합니다.

주님이 기뻐하시는 복된 가정을 이루는 자 되게 하여 주시옵소서.

모든 교제의 과정 가운데 주님이 간섭하여 일하여 주시옵고,

저의 부족함과 연약함이 채워지며, 기쁨과 평안으로 순적하게 결혼이 이루어 질 수 있기를 간구 드립니다.

사랑의 주님,

그 분과의 만남과 교제를 통하여 주님이 저를 얼마나 많이 사랑하시는지 알고 깨달을 수 있게 되길 소망합니다.

주님, 도와주세요…!!

편안한 만남과 교제가 이루어 질 수 있기를 소원합니다.

주님의 강권적인 간섭 하에 아름다운 교제와 결혼의 축복을 허락하여 주시옵소서…

모두의 축복 속에 아름다운 결혼이 이루어 지길 진정 소망합니다.

주님의 사랑으로 제 안에 기쁨과 평안과 행복을 회복시켜 주시옵고,

그 분과의 연합으로 온전한 하나가 되게 하여 주시옵소서…

양가 집안에 축복이 가득하길 소원합니다.

기쁨의 복된 소식이 양쪽 집안에 가득하길 진정 소원합니다.

주님,

감사드립니다. 그리고 사랑합니다.

더더욱 주님의 아름다운 신부로 준비되게 하여 주시옵고,

신랑 되시는 하나님과 그 분을 더욱 신뢰하길 원합니다.

주님, 도와주세요!!
아름다운 만남과 교제의 축복이 또한 제 삶의 간증이 되길 원합니다.

주님,
그 동안 제게 숨기고 계신 호의들이 풀어지는 시기가 곧 도래함을 믿음으로 고백하며 나아가기 원합니다. 주님, 제 안에 결혼에 대한 돌파가 이루어 지기 원합니다.
최적의 시기에, 하나님의 시간대에 아름다운 교제가 이루어 지도록 간절히 기도드립니다.

사랑의 주님,
저의 가정에 하나님의 크신 사랑과 자비와 은혜를 구합니다.
그 동안 준비해 온 대로, 아름답게 열매를 맺어 하나님의 기쁨이 되는 복된 가정을 이루어 갈 수 있기를 진정 기도드립니다.
지금도 살아 역사하시는 우리 주 예수 그리스도의 이름으로 기도드립니다.
아멘~!!^^*

## 3. 눈물의 의미

창가에 앉아 다소곳이 책을 읽고 있는 한 여인이 모습에서
성숙미가 풍겨져 나온다.

그녀가 앉아 있는 아침 풍경 속에 안온한 평안과 해피하면서도
그 누구도 범접할 수 없는 고요함과 평안함이 있다.

그녀의 아름다운 얼굴을 바라보고 있으면
정말이지 선한 모습에 저절로 감동을 받게 된다.

천사의 모습을 하고 있는 것처럼..

그녀의 삶 속에 묻어나는 삶의 향기와
굵은 손마디가 있는 농부의 체취와
지칠 줄 모르는 용기와 열정은
가히 여러 사람들에게 신선한 도전 의식까지 주는 것 같다.

그녀의 눈에서 흐르는 한 가닥의 눈물의 의미는
그녀가 그동안 얼마나 아름다운 모습을 추구하며
갖은 어려움과 고난과 역경을 잘 헤쳐 왔는지 알 수도 있을 것 같다.

그녀의 삶을 회상해 보며, 그녀의 아픔과 눈물이 승화되어
책 속에 한 줄로 알알이 맺혀져 가길...
씨줄과 날줄과 같은 인생의 항로가 더욱 더 빛나지길..

인간관계에서 오는 모든 갈등이 풀어지고 해갈되어지듯이..
또 실타래가 온전히 풀려 새롭게 시작할 수 있는 하나의 줄로 이어지듯이..
그녀의 삶을 축복해 주고 싶어진다...

삶 속에 온전히 녹아 든 고통과 고난의 눈물의 결정체는
또 다른 아픈 이들의 마음을 어루만지며
또 다른 외로운 이들의 친구가 되어 주며
또 다른 연약한 자들의 피난처가 되어 주시는..
그런 예수님 닮은 여인의 향기가

행복 바이러스가 되고
그 행복 바이러스가 주변을 따뜻하게 합니다.

우리 모두는 행복 바이러스 감염자가 되어야 하고,
또 행복 바이러스 감염을 퍼뜨리는 자가 되어야 합니다.

## 4. 보혈을 지나

보혈을 지나
하나님 품으로

보혈을 지나
아버지 품으로

보혈을 지나
하나님 품으로

보혈을 지나
아버지 품으로

한 걸음씩 나아가네

존귀한 주 보혈이 내 영을 새롭게 하시네
존귀한 주 보혈이 내 영을 새롭게 하네
존귀한 주 보혈이 내 영을 새롭게 하시네.
존귀한 주 보혈이 내 영을 새롭게 하네.

## 5. 봄 봄 봄

상해에서 오신 L 장로님과 만남을 가졌다.

넘 반가웠다. 상해에서 논문 마지막 단계에서 우연찮게 만남이 이루어 졌지만, 나중에는 더 많이 친해지고 의지할 수 있는 교제가 이루어 졌음에 감사하게 되었다.

오늘 만남과 교제 속에서 내가 깨달은 것은, 나를 이곳 숙명여대에 있게 하신 주님의 선하신 계획과 인도하심이 무엇인지를 생각하게 하여 주셨다.

이 학교에서 내가 주님의 사랑과 복음을 전하는 귀한 축복의 통로가 되게 해 달라는 기도를 내가 과연 얼마나 했던가?

내게 붙여주신 영혼의 갈급함을 채워주지 못했던 것을 진정 회개한다!!

영혼 구원과 사랑이라는 그것이 우리 인생의 목적이 되어야 한다는 것이 얼마나 소중하고 중요한 깨달음인지를 알게 하여 주셔서 또한 감사하게 되었다.

나를 이곳 학교에 있게 하신 주님의 목적과 비젼이 무엇인지 다시금 마음을 다잡고 결단하게 하심에 감사드린다.

우리가 우리의 목적이 주객전도가 되지 않게 하여 주시옵소서…

항상 이 목적을 잊지 않게 하여 주시옵고, 제가 주님의 사랑을 전하는 선한 축복의 통로가 되게 하여 주시옵소서…

주님,

제게 주님의 사랑과 은혜, 자비와 지혜와 능력을 구하며 나아갈 수 있는 용기와 힘을 더하여 주시옵소서…!!

## 6. 사랑의 주님

제가 일기를 쓰지 않아서 글로 제 마음을 옮기지 않아서 그렇게 힘들었나요?

제 안에 스며드는 슬픔의 깊이가 넘 무겁게 느껴져요..

제 인생 주님께 온전히 올려 드리겠다고 그 동안 많은 간증들 속에서 제가 그만 이제 제 자신을 지켜내지 못하고 힘들어 하고 있는 것 같아요..

주님, 오늘의 제 아픔과 슬픔이 기쁨의 눈물로 바뀌는 그 순간이 올 것을 믿어요..

항상 주님은 제게 가장 좋은 것 주시는 분이셨음을..

주님, 지금의 이 시간을 잘 인내할 수 있게 도와 주세요..

제 힘이 너무 딸려요.

넘 아파서 넘 속상하고 억울하고 두렵고 화나고 무섭고..세상이 싫고 사람이 싫고 모든 것이 다 싫게 느껴져요..

힘들게 유학하면서 나의 소중한 것을 잃으면서까지도 내가 얻은 것은 무엇일까요?

그렇게 힘들게 대가지불 하면서 얻어낸 박사학위가 제 삶 속에 과연 어떤 의미가 있는 건지요?

상대방의 요구와 필요를 돌아보고 헤아리고 챙길 수 있는 사람이 되자!!

진정한 사랑은 작은 관심과 애정에서 시작됨을 …

상대에 대한 작은 관심과 사랑이 그 사람을 살릴 수 있음을 기억하기 원합니다.

하나님, 제가 더욱 더 주님을 닮은 형상되기 원합니다.
제 삶의 목적과 우선순위가 바뀌어 지지 않기를 원합니다.

주님,
제 안에 주님의 형상이 이루어 지기 원합니다.
가정에서도 학교에서도 연구소에서도 제가 있는, 제가 밟고 있는 그 땅이 주님의 처소가 되길 진정 원합니다. 주님, 제가 분위기 파악 잘하고 처신 잘 해서 제 관리 잘 하는 사람되기 원합니다.
주님 도와주세요..!! 주님의 사랑이 저를 통해 제가 있는 그 땅, 그 곳에 흘러나가길 원합니다.
주님, 저는 주님의 거룩한 딸입니다. 주님의 사랑 받는 존귀한 딸입니다.

좋은 일들, 행복한 일들 가득한 3월의 신학기 되길 기도합니다.
좋은 논문 많이 쓰고, 좋은 글 많이 쓰고, 좋은 일들 많이 느끼고 경험하는 학기 되길 …
주님의 좋은 것들만 생각하고 묵상할 수 있게 되길…
주님으로부터 오지 않은 것들은 모두 다 거부합니다.

과거의 것에 매여 현재를 똑바로 살지 못하는 우를 범하지 않게 되길 원합니다.
현재의 것에 충실하게 기쁘고 감사하게 반응하도록 도와 주소서…
주님의 사랑으로 모든 것 감당할 수 있기를 진정 소원합니다.
주님, 도와 주세요.. 주님의 십자가 사랑의 보혈로 저를 덮어 주시옵소서…
주님의 사랑과 긍휼과 자비를 구하며 나아가기 원합니다.

주님,

저 주님의 존귀한 자로 이 땅에서 사람들에게도 사랑 받고 존귀한 자로 살아가게 하여 주시옵고 사람들과의 관계 속에서 아파하거나 힘들어 하지 않고, 항상 사랑하며 감사하며 사랑 받고 존귀한 자로 살아갈 수 있도록 간절히 간절히 기도 드립니다.

주님, 감사하고 싶어요.. 모든 상황과 환경과 사람들에게,,,,

지금도 살아 역사하시는 주 예수 그리스도의 사랑으로 간구드리며, 기도 드립니다.

주님의 형상을 이룰 때까지 인내하며, 기쁨으로 간구하며 나아갈 수 있게 도와 주세요…

제가 학위를 받은 목적과 이유가 나의 명예와 성취를 위한 것에 머물거나 그것이 목적과 이유가 되지 않기를 원합니다.

제가 주님을 만난 계기를 통해서 주님이 진정 제 삶의 진정한 가치가 무언지 알 수 있고 깨달을 수 있는 기회와 시간을 주셔서 감사합니다.

주님,

주객이 전도되지 않기를… 제 삶의 우선순위가 바뀌지 않기를 원합니다.

제가 학계에 온, 저를 이곳에 있게 하신 하나님의 섭리와 이유와 목적을 깨닫고 알게 되기 원합니다. 주님을 사랑하기에 주님 사랑하는 그 마음으로 제가 학계에 있는 많은 사람들까지도 품고 기도하며 나아갈 수 있게 되기 원합니다. 주님의 사랑을 제게 더욱 더 부어 주시옵소서..!!

영혼 구원과 사랑이 제 삶의 목적이 되기 진정 원합니다.

사단의 속임에 속아서 주객이 전도되는 일이 없도록 제 마음과 생각을 주장하여 주시옵소서…성취욕에 불타서 많은 이들에게 짐이 되는 것이 아닌, 주님의 사랑을 주위 사람들에게 흘러 보내는 자 되게 도와 주소서…
제게 사람들을 사랑할 수 있는 마음을 더하여 주시옵소서…
진정한 크리스천이 되기 원합니다.

진정 낮은 자의 모습으로 그들을 섬기는 자 되게 도와 주소서…!!

주님, 사랑으로 하나되게 도와 주시옵고, 제가 주님을 만날 수 있는 축복의 통로가 될 수 있게 도와 주시옵소서…!! 주님의 사랑으로 저의 마음을 녹여 주시옵고, 사랑의 마음으로 주위 사람들을 돌아볼 수 있게 도와 주시옵소서…!!

강의분담과 강의평가, 논문편수에 대한 아픔과 고통이 훗날 이러한 일들로 힘들어 하는 사람들에게 도움이 되고, 그들을 케어 할 수 있는 더 큰 자로 성장하고 성숙시켜 주시는 계기가 될 수 있도록 주님 역사하여 주시옵소서…

고난 뒤의 축복을 바라보며, 진정 웃을 수 있는 자 되게 도와 주시옵소서…!!!

모교에 대한 사랑의 마음을 회복시켜 주시옵고, 사람들을 사랑할 수 있는 넉넉한 마음을 더하여 주시옵소서…!!
타인에 대한 배려심이 뛰어난 자가 되게 하여 주시옵소서…
타인에 대한 사랑과 관심을 줄 수 있는 자로 성장하고 성숙할 수 있게 도와 주시옵소서…

주님의 사랑을 구합니다.
주님의 사랑의 마음과 자비와 긍휼과 기쁨과 위로와 더 하여 주시옵소서…

또한 제가 있는 가족을 위한 중보를 하기 원하오며,
모교인 숙명여대와 숙명여대의 여러 교수님들과 학생들을 위해 중보하기 원하오며,
연구소의 사람들을 위한 중보를 하기 또한 원하오며, 랩 사람들을 위해서도 계속해서 중보하기 원합니다.

주님,
제게 주님의 마음과 사랑을 더더욱 부어 주시옵소서…
또한 제게있는 쓴 뿌리와 상처들이 이 시간 온전히 제거될 수 있게 하여 주시옵소서…
사랑의 마음으로 교수님들과 학생들이 하나되고, 더욱 연합하여 기쁨과 행복과 평안이 가득한 2015년 1학기 될 수 있도록 주님의 사랑과 긍휼과 자비를 구합니다.
주님 도우소서… 도와 주시옵소서…!!

오직 주님만이 저의 도움이시며, 저의 산성이십니다.
제가 있는 그 모든 자리에 주님이 임재하여 주시옵고, 주님의 임재를 끌어올 수 있는 그런 시간들이 될 수 있게 하여 주시옵소서…!!

주님, 저의 모든 노력들이 헛되지 않도록 저의 생각과 마음을 감찰하여 주시옵

고, 실수하지 않도록… 그리고 저를 더욱 사랑하며, 주님의 존귀한 자로 우뚝 설 수 있는.. 주님의 심장을 가진 자가 되기를 진정 원합니다.
포기하지 않고 멈추지 않도록… 내 사랑이 진짜임을 증명하게 하소서…

주님의 능력과 지혜로 수업 가운데서도 승리하며 나아갈 수 있게 하여 주시옵소서…
예수 그리스도의 이름으로 간절히 간구드리며, 기도 드립니다.

초심으로 돌아가는…!! 주님을 향한 뜨거운 사랑과 열정...!!
주님을 좇는 삶...!!^^*

주님과 일치되는 말씀과 기도로 주님께 붙잡히는 시간들…!!
주님과 깊이 교제하는 시간들…
진실하고 깨끗한 참된 사랑…!!
우리를 향한 하나님의 사랑은 한결같고, 온전한 사랑으로 쏟고 계심..!!

## 7. "초점 - 무엇을 바라보고 있습니까?"

겸손은 내 약함을 알고 하나님의 강함을 아는 것이다.
사울은 마땅히 "하나님의 강함이 나를 왕이 되게 할 것이다." 라고 했어야 한다.
모세의 연약함에 하나님의 역사하심이 함께 하셔서 기적이 일어나게 된 것이다. 나의 연약함을 알고 하나님의 강함을 알고 나의 초점을 강한 하나님께 두는 것, 이것이 진짜 겸손임을 깊이 깨닫게 해주셔서 감사드린다!!

목사님 왈, "대적들에서 시선을 돌려 하나님께 초점을 맞추어라."
내 몸에 독을 빼 내듯이, 내 몸의 독에 시선을 두지 말고, 장대의 놋뱀을 쳐다 보아라.

설 연휴에 기도원 (P 목사님의 마가 다락방 신년 금요 철야 예배)에 다녀왔다. 학계에 오기 싫었던 나는 유학생활 하면서 얻은 것보다 잃은 것들을 묵상하며 자기 슬럼프에 빠져있게 되었던 것에서 벗어나.. 이제 남은 인생을 주님께 헌신하며 주님이 제게 허락하신 것들에 (제게 값없이 주신 것에서..) 대해 감사하며, 기쁨으로 순종할 수 있는 마음을 주셔서 너무 감사했다. 진정 주님이 내게 허락해 주신 것들에 대해 그 동안 조금이라도 불평불만 했었던 것들을 회개하며, 다시금 주님의 깊은 뜻과 날 향하신 사랑을 회복하게 하신 계기가 되었던 것 같다.

P 목사님은 삶 자체가 간증이신 것 같다. 그 분의 삶의 스토리는 많은 이들에게 감동을 전해 주고 계시다. 정말이지 이 시대에 하나님이 크게 사용하시는 귀한 분이시다.

## 8. 다시 찾은 십자가

최근에 Y 대 전임교수 마지막 관문에서 낙방하여 많이 힘들어 했다.

유학 갈 때에도 40일 저녁 금식을 하면서 "영혼 구원과 사랑"이 인생의 목적이 되고 교학과 연구는 수단이 되어야 한다는 것을 깨닫게 하여 주셨고, 또 중국과 중국 영혼들을 위하여 기도하는 자가 되겠다는 마지막 기도에 하나님께서 응답하여 주셨음을 알고 있었기에 또한 하나님께서는 그냥 예뻐서 거져 주시는 분은 아니라는 것을 경험으로나마 알고 있었기에...

그래서 하나님과 독대하는 시간을 가지면서 충분히 기도하지 못한 것에 대한 회개와 죄책감과 억울함과 속상함 등의 여러 감정들로 인하여 한동안 힘든 시간을 가지게 되었다.

그러던 중, P 교수님과 통화하면서 다시금 생각해 보게 되었다. 내가 밟는 땅은 분명 묵은 땅이어서 기경이 필요한 곳일 것이라고 말씀하여 주셨다. Y대는 내가 아니어도 가고 싶어하는 사람들도 많고 또 안정되어 보이는 곳이지만, 내가 강의하면서 밟게 되는 땅은 그렇지 않은 기경이 매우 필요한 묵은 땅일 것이라고 말씀하여 주셨다.

그러고 보니, 내가 강의 나가는 대학에 있는 학생들은 사회적으로 소외되거나 혹은 고립되거나 사랑이 많이 부족한 학생들 같아 보이기도 했다.

현재 출강하고 있는 학교로 돌아와 학생들을 다시 보니, 마음이 아프고 허하고 삶의 방향을 잘 모르고 고민하고 방황하는 학생들도 많이 있는 것 같았다. 긍휼한 마음이 많이 부어져서 내가 이러한 아이들을 두고 어떻게나 좋자고 S캠퍼스 엘리트들이 있는 곳에 가겠다고 했을까 하는 생각도 들었다. 또한 왕복 4시간이나 걸려서 다니고 있는 I 대학교에 중국어 강의를 하러 나가는 데, 여러 다양한 과들이 있어서 달란트 별로 존중을 해주면서 수업을 하고 있다. 이들 중에는 수업 시간에 엉뚱한 말을 하고 질문을 하며 나름 정상이 아닌 행동과 말을 하는 학생들도 있었다. 그래도 마음이 참으로 순수하다는 생각도 하게 되었다.

또한 K대 대학원 학생들은 글로벌 비즈니스 학과 중국인 유학생들인데, 이들에게 강의하면서도 글로벌 리더십 프로그램을 사용하여 복음까지 전할 수 있는 기회를 주시는 것이, 마치 중국과 중국 영혼들을 위해 기도하는 자가 되겠다는 그 약속을 신실하게 이행할 수 있도록 기회를 주시는 것 같았다.

그래서 이번 학기에는 학생들과 적극적으로 소통하며 간식도 제공해주면서 글로벌 리더십 프로그램을 잘 활용하여 꼭 복음의 좋은 소식을 하나님이 예비하신 영혼들에게 전하도록 최선의 노력을 다하여 섬기고 나누며 행복한 시간을 보내고자 한다. 하나님이 보내주신 영혼들이 있는 것 같다. 첫 주에도 벌써 하겠다고 하는 학생들이 각 대학마다 몇 명씩 있는 것이 너무 감사하다. 또한 이번 학기가 설레임으로 기대된다. 하나님께서 하실 일들을...^^

다시 찾은 "사명의 십자가" 이제는 더욱 단단히 붙잡고 기도하며 나아가야겠다.

C 목사님의 "다시 찾은 십자가" 설교를 들으면서 깨닫게 되었다. 욕망이 들어오면 사명을 막는 것이 될 수 있다고... 내 안에 높아지려고 하는, 또 그동안의 모든 노력과 수고와 노고에 나름 보상받고 싶어했던 마음이 있었던 것 같다.

하나님은 나를 너무 사랑하셔서 내 안에 욕망이라는 불순물을 제거하시려 하시지 않았나 하는 생각도 들었다. 또한 하나님을 하나님 되시게 높여드리지 못하고, 하나님의 권위를 인정하지 못했던 것은 아닌지 돌아보게 되었다. 그 무엇보다도 하나님의 영광을 가리는 자가 되지 말아야 하는데... 믿음의 본이 되지 못했던 것에 대해서도 회개하는 마음을 많이 가지게 되었다. 사명자는 십자가 앞에서 나를 지키는 것이라는 내용도 마음에 와 닿았다. ^^

우리의 모든 것들이 평안하기를 원하시며 우리를 축복하기를 원하시지만, 교회는 우리가 축복을 받기 위함이 아닌 "사명을 감당하기 위해 오는 곳"이라고도 하셨다. '제자도' 에 대해 예수님이 말씀하시길, "이 교회와 우리가 십자가를 묵상하는 우리들이 십자가로 인하여 고난이 없고 액운이 떠나가도록만 기도한다면 이것은 우리가 알고 있는 십자가와 사명의 의미가 아니다"라고 하셨다. 일본인이 핍박하여 교회를 떠날 때 침묵설교하셨던 ... 목사님, 그것이 바로 십자가를 지는 것이 아닐까! 우리의 십자가는 무엇인가? 우리로 하여금 그 자리를 끝까지 지키게 하는 그 자리에서 우리를 귀하게 사용하게 하실 것이라 믿습니다...!! -> C 목사님 설교 중에서

## 9. 공동체의 중요성

이 내용은 저희 모두 공유하고픈 내용인 것 같아 올려드립니다^^

1.24-31 인도네시아 단기선교 아웃리치를 가게되었는데
가기 전에 손과 손목에 인대 손상을 입고 고민하다가 결국엔
반 기브스를 하고 가게 되었는데...

(타인에게 폐 끼치기를 싫어하고 도움 요청도 잘 못하는 제 성격에)
그럼에도 가기 싫은 마음 주시는 것은 하나님이 주시는 마음이 아니라고 말씀하시는 H 교수님 말씀에 용기를 얻고 가게 되었습니다...

우리 몸은 한 지체임을 확인하며(한 지체가 아프니, 다른 부분들까지도 아프게 되는 것을 경험하며) 동역의 필요성을 깨닫고 느끼게 해 주셔서 감사드립니다...
어느 분은 제가 "축복의 통로" 역할을 하셨다고도 하셔서 더욱 감사했습니다.
모두 제가 함께한 것만으로도 은혜가 되고 도전이 되셨다고 말씀하여 주셔서...
또한 감사했습니다...^^

## 10. 친정엄마의 팔순 기념

친정엄마의 팔순 생신기념으로 꽃바구니를 구입하러 갔다.

남아있는 꽃송이들 중에서 예쁜 꽃들을 골라, 꽃바구니를 만들어 달라고 주문했다.

내게 남아있는 시간들을 온전히 영혼구원과 사랑에 사용할 것을 기도드리며...^^

오늘도 난 한 알의 밀알이 되어, 또 한 그루의 나무를 심는다...

많은 새들이 깃들어 쉬어갈 수 있는 보금자리도 함께...^^♡

## 11. 행복은 사랑을 싣고... ^^*

Y 대학교 중어중문학과에 전임교원 임용 3배수까지 올라갔다가 잘 안 되어, 마음에 낙심이 컸다.

6개월 동안 마음을 졸이고 피가 마르는 시간들을 보낸 것이 너무 억울하고 속상했다. '되면 되고 말면 말지'가 아니었기에 더욱 속상하고 마음이 상하게 되었다.

한 학기 동안 마음을 추스르느라, 나름 힘든 시간들을 보내고 있다.

특새(특별새벽기도회)에서 기도하는 가운데, 뜨거운 눈물이 솟구쳤다.

'내게 맡겨진 한 영혼 한 영혼을 하나님의 사랑과 마음으로 바라보고 섬기는 것을 하나님은 얼마나 기뻐하고 계신지... 이제는 전임이 내 삶의 목표가 아니라, 하나님의 마음으로 하나님과 동행하며 학생들을 섬기는 것이라고...'

'네가 내 사역에 열매가 되었으면 좋겠어.. 네가 많은 일을 하려고 하는 것이 아니라...'

하나님이 이 세상을 이처럼 사랑하사 자신을 버려서 독생자 예수 그리스도를 보내 주신 것을 바라보기 시작할 때, 내가 가진 욕심과 욕망을 주님께 내려놓을 수 있다. 내가 위대한 일을 하고 싶지만 그래서 내가 하고 싶어하는 일을 하지만...

하나님은 우리를 위하여 죽으심으로 부활하신 예수님은 마음이 떠나 있었던 베드로를 다시 찾아가 마음의 고백을 듣기 원하셨던 것이다. 하나님께 나는 일당 백인 것이다.

봄볕이 너무 따사롭게 느껴지는 오후에 바깥 공기를 쐐러 나갔다가, 봄 향기에 취하며 좋은 날씨 주심에 감사하게 되었다. 따스한 봄 공기가 너무나 감사하게 느껴지는 하루로 인하여 다시금 하나님의 날 향하신 놀라우신 사랑과 은혜에 감사하게 된다. 나 같은 죄인을 죽음에서 살려주시고 '의인'이라 칭하여 주신 하나님의 크고도 놀라우신 사랑에 힘입어 오늘도 나는 다시 일어설 수 있음에 감사하다.

# VII. 향유옥합

Getty Image Bank

## 1. 나의 모든 짐을 예수님께

환경의 지배를 받지 말자!!

환경의 지배를 받는 것은 눌리고 있다는 것!!

십자가에 달리신 예수님이 나의 무엇 때문에 죽으셨는지 묵상해라.

나의 짐을 대신 지시기 위해 십자가에서 돌아가셨음을 생각해라.

내 생각과 판단을 버리고 주님이 원하시는 대로 생각하고

믿음의 고백대로 선포할 때, 나를 짓누르는 것이 떠나감.

주님이 이 일 때문에 피 흘려 주셨음을 깨닫고 선포할 때 가능~!!^^

벼랑 끝에서도 주님이 내 손을 붙잡고 계시고

모든 상황은 나의 믿음을 단련하는 재료임을 알아야 함.

사방이 막혀있는 진퇴양난 속에서도 우겨 쌈을 당하여도

내 입술의 모든 고백이 "저는 주님 아니면 안 됩니다!!" 가 되도록...

"나는 주님으로 인하여 의미 있는 자입니다."

더 온전한 자가 되게 하기 위하여

믿음이 더 강한 자가 되게 하기 위하여

이 환경과 상황을 허락하셨음을 믿음으로 고백할 때

환경이 열리게 됨

어떻게 하나님을 신뢰하느냐에 따라서
우리가 어떤 반응을 보이느냐에 따라서
그 장애물을 통과하고 다음 관계로 나아갈 수 있게 됨

장애물 통과 시 온전히 숙이고 가야하는 것과 같은 위치임
내가 낮아지지 않으면 통과할 수 없음

내가 겸손해졌을 때 밑에 있는 것이 보이고
하나님이 얼마나 크신 분이신지 깨닫게 됨

짐에 눌리지 말고 짐을 주님께 맡겨라
그리고 그 분이 원하시는 고백을 하기를 원하심

우리는 하나 밖에 못 보는 것이 되어야 함
한 곳만 바라보지만 340도를 바라보는 눈
주님만을 바라보지만, 모든 것을 볼 수 있는 눈

하나님께서 모든 것을 주관하신다는 것을 믿고 통찰하는 눈
예수님인 신랑의 눈과 같이 되는 눈

## 2. 누구를 위함인가?

나를 위함인가? 주님을 위함인가?

내 만족을 위함인가? 주님을 위함인가?

........................

주님의 마음을 아는 자, 주님의 마음에 합한 자 되게 하여 주소서...!!!

중국에서 유학하면서 힘들었던 시간들 중에서 기억에 남는 사건이 있다면, 치과 치료차 한국에 들어왔을 때, 그때가 딱 6개월 되었을 때인데..

넘 힘들어서 도저히 못하겠다고 철야 예배 때 강대상에서 머리 쥐어 뜯을 때, 주님 .. 제가 왜 이 힘든 공부를 해야 하는지요? 다른 친구들은 다 가정이 있고 사랑하는 남편과 아이들이 있는데...ㅜㅠ

그 해답을 J 형제가 초빙강사로 왔었던 [나는 하나님의 가능성이고 싶다]의 저자였던.. J 형제가 인도한 기도회에서 ... 마지막에 주님께 울면서 고백했던 "제가 주님을 사랑합니다...

그래서 주님을 사랑하는 마음으로 가겠습니다... 다시 상해 땅을 밟겠습니다...!!!"

그 고백을 오늘 산책 하면서 기도 중에 다시 떠올리게 하셨다... 많이 아파하면서 울고 있었던 중에 떠 오른 그 고백과 그 마음을 상기시켜 주시면서.. 내 안에 돌파가 일어난 것 같다...!!

^^ 내 안에 울림이 있었다...!!!

사랑하는 사람과 결혼하고 아기를 낳고 나서 힘들다고 투정을 부리는 사람도 물론 있겠지만.. 그렇다.. 내가 주님 사랑하는 마음으로 그렇게 행한 일들을 왜 이제 와서 힘들다고 못하겠다고 계속 투정을 부리는 건지... 주님을 사랑하는 그 순수한 마음에서 행했던 그 일들을 이제와서 왜 이렇게 하셨느냐고 묻는 것은 결혼해서 아이 낳고 나서 왜 이렇게 힘든 지 모르겠다고 하는 것과 별반 다를 게 없을 것 같다... 내가 사랑해서 선택한 결정이고 길인데... 주님 사랑하는 마음에서... 행한 것인데... ^^ 그래 다시 일어서자...!! 주님이 다시 일어서서 툭 털고 앞으로 나아가라고 말씀 하시는 것 같다. 그리고 또다시 나의 마음을 확인하게 하시는 것 같았다...

사랑의 주님,

이 박사학위가 아이를 잉태하는 것과 같은 제겐 그러한 아픔과 고통의 시간이었지만...
이 학위로 인하여 참으로 많은 유익한 곳에 또 주님이 일하시기 원하시는 그 곳에 정말 귀하게 사용되어 질 수 있기를 ... 그리하여 더 많은 영적인 열매들을 맺을 수 있게 되길... 간절히 또 간절히 기도드립니다.

(주님, 도와 주소서...!!)

저의 만족과 유익이 아닌, 주님의 마음에 더 합한 자가 되어서 더 많은 이로운 일들을 하며, 더 많은 영혼들을 살리는 데 꼭 필요한 일꾼으로 쓰임 받는 자가 될 수 있기를 간절히 또 간절히 기도드립니다. 또한 결혼과 배우자, 자녀의 축복 그 모든 일들이 다 주님의 손에 달려 있음을 믿음으로 고백합니다.

주님은 저보다도 저를 더 잘 아시는 분이시오니, 주님께서 인도하여 주시고 친히 역사하여 주실 것을 믿으며, 지금도 살아 역사하시는 우리 주 예수 그리스도의 이름으로 간절히 기도 드립니다. 아멘!!!

## 3. 당신의 말이 당신의 삶을 규정합니다

하나님의 말씀이 내 심령과 내 입에 있습니다. 나의 말은 완전하며, 그것은 나의 육체, 일, 사업, 사역, 가정 그리고 나와 관계된 모든 것에 생명을 냅니다. 나는 성공입니다. 나는 항상 승리하며 위로만 가고 결코 아래로 가지 않습니다. 왜냐하면 나는 하나님의 절대적인 말씀의 결과이기 때문입니다. 하나님께 영광 돌립니다.

(엡 4:29)

29. 무릇 더러운 말은 너희 입 밖에도 내지 말고 오직 덕을 세우는데 소용되는 대로 선한 말을 하여 듣는 자들에게 은혜를 끼치게 하라.
30. 하나님의 성령을 근심하게 하지 말라. 그 안에서 너희가 구원의 날까지 인치심을 받았느니라.
31. 너희는 모든 악독과 노함과 분냄과 떠드는 것과 비방하는 것을 모든 악의와 함께 버리고
32. 서로 친절하게 하며 불쌍히 여기며 서로 용서하기를 하나님이 그리스도 안에서 너희를 용서하심과 같이 하라.

## 4. 사랑합니다. 나의 예수님...!!!^^

유학 생활에 대한 부푼 꿈을 안고 중국 상해 땅을 밟은 지 6개월이 되었을 때 치과 치료차 한국에 들어왔다. 당시 중국에서 한 달에 중요한 시점(등록, 굵직한 학교 행사 등)에서 룸메이트가 세 번씩이나 바뀌는 사건을 접하고서 몸과 마음이 많이 지쳐있을 때 였던 것 같다.

한국에 와서 다니던 교회 강대상에서 철야 예배때 야곱이 강가에서 주님과 씨름하듯 했던 그 무릎사이에 머리를 넣고 하는 그 기도를 하면서 주님께 계속해서 되물었다.

"주님, 제가 왜 이렇게 힘든 공부를 해야 하는 건가요?

남들은 다 제 나이에 가정을 가지고 애기도 낳고 하는데...??

가정에서 행복 누리며 살 수도 있는 제가 왜 이렇게 힘든 길을 가야 하는 거냐고???"

이유를 알 수 없는 질문을 계속 되뇌이며 하고 있었다. 누가 보면 미친 것처럼 머리까지 쥐어 뜯으면서...

그 해답을 얻기 전엔 가장 좋은 조건 (3년 전액 장학금)도 내겐 더이상 매력적이게 느껴지지가 않았던 것 같다.

청년부 집회에서 J 가 초청되어 [나는 하나님의 가능성이고 싶다!] 책 저자인 그가 찬양 집회에 초청되어 간증과 함께 진솔한 얘기들을 나누어 주었던 것 같다.

마지막 찬양집회에서 난 결국 다음과 같은 고백을 하게 되었다...

"주님, 사랑합니다... 주님 사랑하기에, 제가 다시 그 상해 땅을 밟겠습니다...!!!"

그 사건은 내게 지금도 잊혀 지지 않는 감사한 간증이 되고 있다.

## 5. 삶의 중심과 태도

갑작스런 급성 요통으로 조금도 움직일 수 없는 상태가 되어 넘 막막했다.

왜 갑자기 그런 일이 내게 발생했는지 알 수 없어 처음엔 많이 당황스러웠지만, 지금은 오히려 주님께 감사한 시간들을 보내고 있다.

학교 선교회에서 수련회 (엠티)를 갔다가 무용과 교수님의 지도하에 필라테스를 넘 열심히 한 이유인지, 아님 산보 중 허리 돌리기 ?

아님 5시간 넘게 앉아 있었던 것이 무리가 간 것일까?? 정확한 원인을 알 수는 없지만, 병원에선 병명이 "급성 요통"으로 근육이 갑자기 놀란 것이라 하신다.

이유가 어찌되었건, 우리가 하루하루 아무 탈 없이 앉고 일어서고, 손놀림 하나, 발놀림 하나 몸짓을 할 수 있는 것 자체가 하나님의 크신 은혜라는 생각이 많이 들었다. 평상시에 그 감사함을 모르고 살다가, 이제 서야 작은 것에도 감사할 수 있는 마음이 생기는 것 같다.

어제까지는 잘 걷지도 못하고 아직 무거운 것을 드는 것도 힘이 들지만, 이러한 쉼의 귀중한 시간 주심을 오히려 감사하게 된다.

워낙 한 가지 일에 집중하다 보면, 주위를 잘 못 돌아보는 나의 집요한 ^^? 성격 탓에 이러한 휴식의 시간 동안에 내 자신을 돌아보게 되고, 내 주위 사람들을 돌아보며 그동안 잘 느끼지 못했던 내 곁의 사람들에 대한 소중한 마음도 가지게 되어 감사하다.

오늘 내게 드는 생각은, 내 삶의 중심이 온전히 주님을 주인으로 모셔드리지 못했던 것에 대한 깊은 회개함이다.

왜 하필 허리가 아팠을까? 그렇다. 허리가 우리 신체 중에서 중심이 되는 부분이기에 허리를 다치게 되면 몸의 중심을 잡기가 힘들어서 움직임에 있어서 많은 어려움을 겪게 되는 것처럼, 우리 삶에 중심축이 바르게 서 있지 못한다면, 그로 인하여 우리의 삶 전체가 흔들리게 되는 것 같다.

두 번째로 우리 삶의 태도(자세) 대한 마음 주심이다.

우리 삶의 태도와 자세가 바르지 못하면, 모든 관계들이 어긋나게 되고 그로 인하여 우리 삶에 많은 부분이 또한 위태롭게 되고 흔들리게 되는 것이다. 그래서 바른 자세 즉 바른 삶의 태도가 매우 중요한 것이 되는 것이다.

요즘 제게 허락해 주시는 인내의 깨달음의 시간 속에서 주님과의 관계를 점검해 보며, 혹 틈이 조금이라도 벌어져 있었다면 주님의 관계가 온전히 회복되고, (틈이 조금이라도 생긴다면 나도 모르는 사이에 계속해서 틈이 많아지게 되는 것이다)

주님과의 온전한 관계 회복을 통한 인간관계의 회복 또한 매우 절실한 것 같다.

언제부터인가 사람들에 대한 상처가 조금씩 내 안에 자리하면서, 특히 유학생활 가운데 더더욱 알게 모르게 사람들에 대한 불신과 상처에 대한 쓴 뿌리가 어느 순간부터 내 안에 자라기 시작하면서.. 난 사람들에 대해 관심을 가지는 것보단 주님께만 나의 모든 마음을 올려 드려야 한다고 생각했던 것이다. 그로 인한 왜곡된 자아관과 부정적인 선입관 내지는 생각들이 내 안에 사람으로 향한 진정한 관심과 애정 부족이라는 양상을 낳은 것 같고 지금에서야 그것이 매우 많이 잘못되었음을 또한 느끼게 되는 것 같다. 이는 극단적인 자기 연민으로 치닫게 되며, 진정한 소통과 대화법을 모르는 소통의 부재와 단절의 현상(마치 신체의 신경이 잘 통하지 않는 것과 같은..^^) 으로 까지 야기 되는 것 같다. 이번 기회에 내 안에 알게 모르게 또 깊숙히 자리하고 있었던 쓴 뿌리들이 있다면, 온전히 제거할 수 있게 해 달라고 간구를 드리게 된다.

새롭게 변화시켜 주실 주님을 찬양하며, 기대하게 된다....!!!

비록 지금은 거동조차 많이 불편하지만, 이 시간이 내 인생에서 터닝포인트가 될 것임을 믿어 의심치 않고, 이 시간 동안에 내 안의 많은 회개거리와 불순물들이 올라와서 나를 뒤 흔들어 놓는다고 해도 감사히, 겸허히 받아들이며 주님이 이 시간 동안에 내게 허락하신 은혜들을 작은 것 하나도 놓치지 않게 되기를 두 손 모아 기도드린다....!!!

## 6. 영적 보화

1. 관계에 있어서 사람에게 의존하는 것이 아닌, 하나님께 의존하는 것이다.
2. 좌로나 우로 치우치지 아니하고, 중심을 하나님께 두고, 어떠 한 관계에 매몰되지 않도록 주의한다.
3. 하나님 보다 사람을 더 의식하거나 의지하지 말자.
4. 나의 정체성을 하나님 안에 두고 생각하고 행하라.
5. 나의 나 된 것이 하나님의 은혜임을 항상 기억하자

**- 약속의 말씀을 누리지 못하는 이유 -**

6. 죄의식에서 벗어나라. (예수님이 십자가상에서 이미 해결하셨다. - 죄의식도 사단이 속이는 것임 => 예수님이 이미 해결하셨기에 더 이상 문제가 되지 않는다.)

   ==> 죄에 대해서 깊이 묵상할수록 자아가 더욱 살아난다.

7. "의인"이라는 것은 당신의 삶이 의롭다는 것이 아니라, 당신 안에 하나님의 의로움이 드러난다는 것. "의" 란 하나님의 본질!, 그 분의 본질이 나를 통해서 나타나는 것도 "의"이다.

## 7. 그리스도의 신부된 우리

샬롬!!^^

기도원을 가서 실컷 기도하고 오고싶다는 간절한 바램이 있었는데, 동계수련회 참석해서 큰 은혜를 받고 오게하심에 깊이 감사드립니다♡♡

어제 실천한 내용부터 말씀드리자면,

우리가 그리스도의 신부로 단장되기 위해 신랑되신 하나님은 모든 것들을 우리에게 허락하셨다는 내용이었습니다^^

이땅을 살아가면서 우리가 누리지 못함은 믿음이 없기 때문이며, 우리의 믿음 없음을 회개하며 그라운드 제로에서 다시 일어설 수 있는 힘과 용기, 도전주셔서 너무 감사한 시간이었던 것 같습니다^^

일요일 출석교회에서 안내를 서려면 일찍 일어나야하는데, 피곤하고 낙담이 되는 부분이 있어서^^... 인터넷으로 그냥 드리고 이번 주 안내는 건너뛸까 하는 마음에 고민하게 되었는데,
갑자기 위의 내용이 생각나면서 벌떡 일어나서
순종하게 되었습니다^^

한가지씩 생각나서 실천하는 부분들 있으면 또 올리도록 하겠습니다.

저의 어쭙잖은 내용 읽어주셔서 감사드리며,
선배님들과 함께한 귀하고 은혜로운 시간들과 추억들도
잘 간직하도록 하겠습니다^^

훗날 이 추억의 사진첩들을
하나씩 꺼내보며 반추해도 좋을 것 같습니다♡♡

이번 한주간도 좋으신 & 우리에게 가장 좋은 것 주시며
가장 선한 길로 인도하여 주시는 하나님을 신뢰하며
믿음으로 발자국씩 내딛겠습니다...^^♡

감사드립니다♡♡♡

첫테이프를 끊게 용기주신
하나님께도 감사와 찬양과 존귀를 올려드립니다^^♡

## 8. 용서

마지막 관문을 통과하고 나서 졸업을 앞 둔 나는 10년 만에 박사 학위를 취득하는 한국 동학과 함께 칵테일을 마시면서 하나님의 일하심을 느끼고 많이 놀라지 않을 수 없었다.

내가 물어보지도 않았는데, 그 동학이 전해준 사건이 있었다. 나에게 나무를 붙잡고 울게 만들었던 그 사람의 이야기이다. 내 유학 생활에서 0원이 되는데 공을 세운, 그 선생님이 논문 마지막 단계에서 패스하지 못해 다음으로 연기되었다는 것이다. 같은 한국인이어서 많이 안타깝다고...

내게 넘 큰 상처를 안겨 주셨지만, 결코 미워하거나 그 분이 잘 못 되기를 바라진 않았었다. 다만, 하나님을 만날 수 있게 해 달라고 기도했었다. 그런데 그 소식을 접하게 되니, 나로서도 놀람을 금할 수가 없었다. 그러면서 드는 생각이 '역시 주님은 다 알고 계시고 주님의 방법으로 놀랍게 일하심을 알 수가 있었다.

그래서 사람이 죄짓고는 못사는가 보다. 그러고 나서 나는 또 다른 잊을 수 없는 사건을 접하게 되었다. 지금 생각해 보니, 그 자리는 내가 주님께 받은 은혜를 나누는 자리가 되었어야 했다. 그렇게 했더라면 더 없이 좋았을 텐데... 그 자리에 사탄이 역사를 한 것인지...

## 9. 이 세상에 자신만의 발자취를 남겨라

"개성" 이란 사람이 가지고 있는 인간으로서의 가치를 보여주는 유일하고도 진실한 증거이다.

자기 공감 능력이 발달되고 이를 향상 시키도록 해야한다.

이는 "자기 친밀감"이라고도 말할 수 있는데 타인에게 상냥하려는 것뿐 아니라 더 나아가 내 자신 즉 자기 자신을 돌보는 능력이다.

내가 내 자신을 돌보지 않는다면, 우리는 의기소침해질 수밖에 없다.

따라서 자신의 존엄성을 다시 찾고 싶은 여자라면 자기 안에 들어 있는 작은 소녀가 성인이 된 여성에게 목소리를 높이도록 허락해야 한다. 이런 일을 잘 해내고 싶다면 다음에 이어지는 내용을 기억해야만 한다.

> "어떤 상황에서도 절대 단념하지 말고 다른 사람이 우리를 존중하게 하고 올바른 대화방법을 찾도록 요구해야 한다. 이를 단념하면 여성은 정신적으로 점점 약해지기 때문이다."

## 10. 학벌에 대한 고집과 아집을 내려놓던 날...!!

석사 때 휴학계를 내고 북경에 있으면서 있었던 일이었다.

교수님과 실크로드 답사를 마치고 1달간 머물면서 논문 자료만 수집해 가지고 오기로 계획했었는데, 중국에 있으면서 생각이 바뀌었다. 왠지 내 안에 회복이 필요한 것 같았고, 회복이 다 되기 전에는 한국에 오고 싶지 않기도...

그 날도 엄마와 중국에 더 머물 것인가 하는 문제로 다투다가 결단을 하고 가방을 싸고 교회로 향했다. 교회에서 응답을 받지 않으면 다시 돌아오지 않을 것이라는 생각을 했다. 룸메이트에게도 그렇게 말하고 나서 당시 새벽기도 계속 나가던 그 교회에 가서 집중 기도를 올려 드렸는데, 그곳에 처음 뵌 분이 계셨다. 그 분이 전도사님이라고 하는데, 내가 기도하는 것을 도와주겠다고 하셨다.

한참을 기도하는데, 그 전도사님이 내게 자아가 넘 강하다고 내려놓으라고 하셨다.

그 때까지만 해도 내 자아가 강하다고 생각지 않았는데...

'이 분은 첨 본 분인데, 왜 와서 내게 이런 말씀을 하시는 것이지' 라고 생각하며 계속 기도를 하게 되었다. 계속해서 기도를 하고 있는데, 갑자기 주님이 내게 물으시는 것이다.

'너 왜 공부를 하려고 하니 ?' 그 때까지만 해도 서울대 못간 한 맺힌 것을 풀고 싶어서 세계 최고 학부인 북경대를 가면 그것이 다 해소가 된다고 생각을 했던 것 같다. 그래서 북경대 박사과정에 어떻게 하면 갈 수 있는지 알아보고 있었던 것이다. 한 참을 기도하다가, 드디어 내 마음 속 깊은 곳에서 울려 나오는 음성이 있었다. '주님, 저 주님께 귀하게 쓰임 받는 자

되고 싶어요~!! 그래서 공부도 더 하고 싶어요... 그래서 공부도 더 할 수 있도록 도와 주세요~!!' 이러한 고백이 내 마음 속 깊은 곳에서 뜨겁게 울려 나왔다.

그 때를 생각해 보면, 내 개인적인 이익과 명예를 위해서 공부를 계속 더 하고 싶었던 것이 이젠 하나님께 귀하게 쓰임 받는 자가 되고 싶어 공부를 더 하게 해 달라는 기도로 바뀌게  되었던 것이다.

그 시절 북경에서 뜨겁게 고백했던 그 사건은 내 인생의 새로운 터닝 포인트가 된 것 같다.

지금도 잊혀 지지 않는 북경에서의 그 사건 이후로, 난 더 이상 학벌이나 학교에 대해서 고민하지 않게 되었다. 그래서 박사과정을 중국국가정부 장학생으로 갈 때, 1지망을 상해에서 가장 좋은 과로 선택을 하게 되었으며, 그렇게 할 수 있도록 마음을 내려놓을 수 있게 되었던 것이다.

## 11. 한 마리 새가 되어

믿음의 날개를 펴고 한 마리 새가 날아가는 고요한 시간...

그 무엇도 그 어떤 것과도 바꿀 수 없는 한 마리의 고유한 새는 날개를 퍼덕이며 날아가고 있다. 그 날개 짓이 마음 한 구석을 아리게 만들기도 한다.

한 마리 새가 되어 날 수 있게 되기까지 수많은 아픔의 눈물과 힘든 역경들을 극복해야 했음으로 홀로 감내해 왔던 그 수 많은 시간들과 세월의 흐름 속에 날개짓이 보는 이들로 하여금 아린 마음을 쓸어내리게 만드는 것 같다.

그 누가 그런 말들을 했던가? 아픔만큼 성숙해진다고...

사람도 사람 구실을 하기 위해 인간다운 삶이 되기 위해 수많은 역경을 극복한 만큼 ...

고대에서 연구교수하면서 심신이 많이 지치고 힘들었던 것이 이제 어느 정도 안정이 되어 가는 것 같다. 숙대 모교에 오니, 무엇보다 마음이 편하다... 그 어떤 것에도 거리낌이 없이... 단지 내 수업 강의 평가에 대한 스트레스만 빼만.. 난 지금 많이 행복하다... 왜냐고 묻는다면, 난 내가 하고 싶은 것을 하면서 살고 있으니깐.. 더 이상 속지 않을 것이다. 난 교수라는 직업의 부르심이 있고, 학생들에게 존경받는 진정 실력과 인격을 겸비한 훌륭한 교수가 되기 위해서 지금 준비하는 과정 중에 있기 때문이다. 또한 모교에서 전임이 되기 위해서 열심히 노력하고 있다. 소통의 어려움이 있긴 하지만, 이 또한 하나님의 사랑과 은혜 가운데서 잘 극복해 낼 거라고 믿는다... 주님은 신실하신 분이시니깐...^^ 내 안에 주님의 사랑과 은혜가 충만히 넘치길... 그리고 내 삶이 기쁘고 감사가 넘쳐나길... 사람들과의 관계에서 받는 그 어떤 어려움도 능히 이겨낼 수 있을 거라는 생각이 든다. 주님의 은혜로...^^

매듭진 것이 있다면 하나하나 풀어나가길 원한다.

먼저, 학교의 발전과 학생들을 위해서 기도드린다.

그리고 내 자신의 건강한 .. 영육간의 강건함을 위해서도 기도드린다.

또한 엄마, 아빠의 건강과 우리 가족의 구원을 위해서 기도드린다.

남동생과 내게 하나님께서 가장 합당한 우리에게 가장 좋은 베스트의 배우자를 예비하고 계심을 믿음으로 고백한다.

나는 아름다운 집에서 장차 멋진 남편과 아들 딸들과 함께 행복한 삶을 누리게 될 지어다... 내게 가장 베스트의 형제가 대쉬를 하게 될 것임을 믿어 의심치 않는다. 그 형제는 나의 단점과 연약함까지도 감싸줄 수 있는 참으로 성실하고 신실한 믿음이 가는 멋진 형제일 것임을 믿어 의심치 않는다... 나의 반쪽인 상대 배우자를 만났을 때 우린 서로 한 눈에 서로가 알아 볼 수 있을 것이며, 만나는 순간부터 그 어떤 어려움도 없이 교제하게 될 것이다. 그리고 곧 아름다운 하나님의 가정을 이루게 될 것이다. 그리고 예쁜 자녀를 낳는 축복까지도...^^

그리하여 하나님께 찬송과 존귀와 영광을 올려 드리게 될 것이다.

나는 귀한 많은 달란트를 가지고 있는 이 세상 그 누구보다도 소중한 아름다운 주님의 자녀이며, 많은 이들의 사랑과 지지와 격려를 받으며 주님이 내게 허락하신 부르심을 온전히 이루게 될 것이다. 많은 이들의 사랑과 돌봄 속에서 행복한 아주 행복한 여생을 살아가게 될 것이다.

항상 하나님께서 주신 은혜를 기억하며... 그 어떤 어려움이나 난관도 없이 평탄하게 순조롭게 살아가게 될 것이다. 더불어서 하나님이 기뻐하시는 귀하고 복된 아름답고 행복한 가정을 이루어 가게 될 것이다. 이 모든 말씀을 살아계신 우리 구주 예수 그리스도의 이름으로 기도 드립니다.!!!!!

## 12. 향유 옥합

결혼이 너무 하고 싶었던 때가 있었다.
그 때는 결혼이 내 인생 최대의 목표였던 것 같다.
다른 사람들보다 빨리 결혼을 하고 싶었고, 그 당시는 "현모양처"가 꿈이었기에 그래서 더 간절했던 것 같다. 결혼이 우상이 되었던 그 때는 하나님께서 그렇게 좋아하셨을 것 같지가 않다.
어느 날 너무 결혼이 안 되니깐, 예배당에서 울면서 기도를 하게 되었다. 그 때 드는 생각이 "난 남편에게 향유옥합을 깨뜨리고 싶었는데, 이제 주님께 깨뜨리겠습니다." 라고 고백을 한 것 같다. 그 이후로는 결혼에 대한 생각을 하지 않았던 것 같다.
그 후 계속 일과 학업에만 전념을 하게 되었다. 결혼에 대한 조바심과 초조함을 느낄 사이도 없이.. 하지만 이젠 정말이지 결혼에 대해 심각하게 생각을 하게 된다.
어느 새 내 마음 속에도 결혼에 대한 절박함이 느껴지게 되며, 특히 육아 양육에 대한 걱정까지도...

> 주님께 나의 "향유옥합"을 깨뜨리겠다고 고백했던 그 소중한 시간들을 항상 기억하기 원합니다.

## 13. 하늘 대학

유학을 다녀와서 나는 한때 논문 쓰는 것에 미쳐서 일 년에 영어 논문을 포함해서 5~6편, 혹은 7~8편까지도 게재한 것 같다. 당시 나는 커피를 마셔가며 2~3시간밖에 잠을 자지 않고 논문 쓰는 데 매진해서 매우 예민해져 있기도 했다. 그래서 누가 내게 말이라도 걸어 온다면 매우 예민해진 날카로운 반응을 보였을 것이다. 다행히도 한때 일과 학업에만 전념할 수 있었기에 이 또한 감사하다. 하지만 나는 그때 논문 편수가 많으면 전임교원이 되는 줄 알았다.

그래서 고3 공부할 때처럼 그렇게 논문 편수를 내는 것에 매진했던 것 같다. 그러다가 K대학 공개 강의와 면접까지 끝내고 마지막 총장님 면접에서 안 되고 나니 매우 큰 실망과 낙담이 되어서 죽고 싶다는 생각까지 하게 되었다. 커튼을 치고 죽고 싶다는 생각을 하고 있을 때, L 목사님의 설교를 들으면서 잠이 들었다.

다음날 새벽기도에 가서 울면서 기도를 하게 되었다. 내 인생의 모든 것이 허물어져 내린 것 같아 하염없이 눈물을 흘리고 있었다. 그러다가 앞에 성경책이 눈에 들어와서 나도 모르게 나의 양력 생일인 요한복음 1장 13절을 펴보게 되었다. “이는 혈통이나 육정이나 사람에게서 난 자가 아닌 하나님에게서 난 자”라는 말씀이 내 마음에 크게 울림으로 와 닿았다. ‘그렇구나 왜 내가 하나님의 자녀로서 누릴 생각은 못하고 전임이 되어 누릴 생각만 했을까’ 회개하는 마음이 많이 들었다. 이 날이 내가 영적으로 다시 태어난 날이기도 하다. ^^

당시 현재의 남편과 만남을 갖게 된 지 얼마 되지 않았을 때였기에, 지금도 남편은 내가 죽을까봐 나와 결혼했다고 농담 반 진담 반으로 말하기도 한다.

최근에 나는 여러 대학을 다니면서 강의를 하고 있고 또 여러 곳에 전임교원 지원을 했다가 낙방하게 되어 적잖이 실망이 되어 또 다시 낙담 모드로 되어갈 때, 하나님께 여쭈어 보았다.

"하나님 도대체 저의 소속은 어디인가요?", 하나님 왈, "너의 소속은 하늘 대학이란다..."

크고도 분명한 내적음성의 대답으로 나는 현재 그 자유함을 만끽하고 있고, 앞으로도 "영혼 구원과 사랑"이 내 인생 제일의 목표가 될 것이다. ^^

"여호와는 나의 목자이시니, 내게 부족함이 없으리로다" (시편 23:1)